因为美丽

陈典锋◎著

中国文联出版社
http://www.clapnet.cn

图书在版编目（CIP）数据

因为美丽 / 陈典锋著 . —北京：中国文联出版社，
2016.11（2025.4重印）

ISBN 978-7-5190-2182-5

Ⅰ.①因… Ⅱ.①陈… Ⅲ.①诗集—中国—当代
Ⅳ.①I227

中国版本图书馆 CIP 数据核字（2016）第 237468 号

因为美丽

著　　者：陈典锋

出 版 人：朱　庆

终 审 人：金　文　　　　　复 审 人：王　军

责任编辑：郭　锋　　　　　责任校对：王洪强

封面设计：凤凰树文化　　　责任印制：陈　晨

出版发行：中国文联出版社

地　　址：北京市朝阳区农展馆南里 10 号，100125

电　　话：010-85923033（咨询）85923000（编务）85923020（邮购）

传　　真：010-85923000（总编室）　010-85923020（发行部）

网　　址：http://www.clapnet.cn　　http://www.claplus.cn

E-mail：clap@clapnet.cn　　　　guof@clapnet.cn

印　　刷：三河市宏顺兴印刷有限公司

装　　订：三河市宏顺兴印刷有限公司

法律顾问：北京天驰君泰律师事务所徐波律师

本书如有破损、缺页、装订错误，请与本社联系调换

开　　本：880×1230　　　　　1/32

字　　数：102 千字　　　　　印　张：15.25

版　　次：2017 年 1 月第 1 版　印　次：2025 年 4 月第 4 次印刷

书　　号：ISBN 978-7-5190-2182-5

定　　价：68.00 元

第一次爱（代序）

初恋，第一次爱，是心灵从静弦最最开始震响的时刻，这种豁然开朗的情形无异于惊雷、山洪，令人惊异新奇，如同漫天的洪水浸过心灵的荒草地，是那样温润、细密，因此显得更加神秘、美丽，令人终生难忘。

初恋的情感，均来自纯洁无比的少男少女那内心最柔软的地方，因此最值得珍惜。一生头一次的花季。

爱，需要理解；爱，需要指导；爱，需要珍藏。

爱的核心是忠诚。

爱的方式是含蓄、持久。

当爱心怦动的一刹那，世界会变得很小，很小……

那时的世界，只开出一朵粉红的花，含苞欲放。

那粉红的颜色，曾灼伤过多少人的眼睛？曾令多少稚嫩的心细细回味？曾化成了多少甜蜜而苦涩的诗句？又曾赚取了多少真挚的泪水？

因为初次的爱恋，给世人留下了多少辛酸却又惊喜的记忆？

于是有了那本秘密的日记。

因为第一次，才会美丽。

目录

因为美丽

第三辑　四季赞歌　169

第四辑　流浪撷英　193

第五辑　我歌唱生活的甜美　269

因为美丽

第一辑

第一次爱

DiYiCiAi

爱有时是一种无奈的期待

不能真正诠释爱
却又朦胧地期待热烈的爱
为心上人儿烙烧
为爱增添一份光彩

我曾经深深地以为
拥有便是爱
为了喜欢而付出真情
无奈也不该
远去的是那一份初恋的暮霭
似乎无声将谁责怪

如今我才明白
真挚的爱产生于成熟的情怀
一切不需要安排
爱会至　爱人会来
而那时你的热泪
将会因爱而澎湃

远离花季的心情

花季之后
清香已过
我回想蕾
使她恢还我熟悉的脸庞

我感觉语言
在面具的束缚下
叮咚作响
奔涌的心情
像夜色汹涌而至

我破舟
想穿河而去
我握住思想的橹
听见了心的呼唤
我回顾
找不到岸

无奈的等诗

你的存在攫取了我的快乐
我感到了　没有去送你

和你一样的难过
你受了失落的折磨
时间在审判我

我想象得出你的身影
正怆然独行
但我却在忙碌的家中
等候挨过你到达的钟声

我忧伤后悔
让你在路途频频回首
而沿途的风景
已经不像是我们初次相逢时
那样的
温柔

无情的黑暗是情感的陷阱

夜夜呼唤你的名字
可否穿越过空间的隔膜？
使你感到爱的饥渴

夜夜清唱你的歌谣
是否共鸣你苦涩无奈的心绪？

我的手指
轻轻地在记忆中你的黑发上抚过
我的脸庞
感到了你火红的气喘和灼热

爱人
我多想拥抱你
用我执着的幻想
用我心的思念

思念心爱的姑娘

没有（也许从来不曾存在过的）海誓山盟
我对你仅有的是最朴实的感情
当寂寞开始逡巡
当思维一旦停顿
我就归入疼痛的想你的雁阵

我已被酷暑风干的心情
在不断清瘦我业已踉跄的身影
是什么在一直不停地律动
让我无声的哭泣于荒凉的心中

我不能想象你平静的心底
没有一丝的风动

让若无其事的从容
在已如累卵的情感处流行
像风筝一样
将它掌握在手中

让我把长长的街坊一遍遍测量
让我把丰足的人群一步步跨越
让我把伤心的思恋一缕缕细数
就这样一点点地撕断寸肠

手不是一种脆弱的力量

伸出你温暖的手
让我拥着亲爱的你走
要知啊　没有你的援助
我就会迷失了前途的路

没有你的手
我常数自己竟是十个指头
可我没有气力攀缘东方的曙光
这世上你的手是我最爱的辉煌
手不是一种脆弱的力量

手的接触使爱获得通途

我看见你迟疑的心灵
也强烈地期待爱情
透过你泪眼的朦胧
我感觉到你内心的烈火
已明亮的燎扩

把你瘦弱的手伸出
让我宽厚的掌传导着爱的辉煌
让我们用手搭起一个帐房
让人儿不再流浪心儿不再彷徨

亲爱的　你一定要说出那个字
那不是一个简单的符号
你太久的迟疑会使我
缘于彻骨的数九哭泣而离
冰川的内核
你不知道有岩浆吗？

我已空出心房
盛装你的甜蜜

玫瑰花开

你曳地的长裙
蒙住我明亮的眼睛
约束我苍健的力度
我因迷失方向而啜泣

我佛珠的计算
伶仃的步履
隔岸是谁的呼唤
我依傍冷风而号

树木的枝干分明的冷酷
笑声咳瘦独具诱惑
冷　这是唯一的感觉
我匍匐不出你的埋伏

脆弱的歌声漫溯而来
我听见你心弦震响的爆裂
水手的岸决堤
荒草一年一度地泛绿

你是否觉得耀目的炫吹
来自那一束丛林遮蔽的
鲜花的
芬芳

另一种感觉

爱是两个人的语言两颗心的秘密
不要静听我的呼喊低头无语
我们的爱情是头顶共擎的红灯
映照幸福的微笑前路的光明

尽管我贫穷如洗勿要把心扉对我关闭
你可知晓事无定局人若有志前程不可估计
你不能只瞅着我破烂的衣衫泪渍的面颜
我会捧回明天的歌儿献给你阳光的灿烂

哦　请求你美丽的爱的花环
投入我的怀中让我不再孤单地思念

春　藤

你的言语
是我唯一的藤
可以解救我于无边情感的泥淖

我沿藤攀缘
像四只脚的壁虎
不是为了生存

而你娇艳的鲜花
正站于你的顶端
我乞求你拥抱我
将花插上我美丽的头颅

我为你做枝
只要你肯开给我看
那时候　我所有的爱
都是对你竭尽心血的奉献

还有什么好犹豫的呢
快伸出你洁嫩的酥手
我要用抓住金钱时的那种眼光
吸附于你
而此刻　我在季节之外呼唤了几千年
我已望穿双眼
以乳为目
激泪涌流
一如窗外如注的碎雨

等候爱恋

当黑暗的眼睛依次点亮时
我感觉伤口已被划裂

在这深夜的角落里
我仍顶着星星
与星星的叮咛
等候你的俯首与召唤

我的昙花
在张口的一刹那也许就会
绽而即谢
因此我难以启口
我一生的花季
对你　我得珍惜

我的心情
已漫延过无法穿越的黑暗
我捕捉你的身影
像忠诚的犬嗅着主子的爱情
我飘飞而逝
留给你的
将是一具站立的僵尸
及禅的语言

爱的电话

无法告诉你我的无奈
只能含蓄地痴心等待

像那河旁的杨柳
虽被风儿吹得摇摇摆摆
可也固守那一份希望的爱

我不知你是不是还在徘徊
像流浪的云彩
是该羡慕朝霞还是暮霭
是沉默还是敞怀

伤心的日子阴影一般追袭我
我真想捕捉你的脚踝
把它拧转方向
端对我哭泣的心窝

爱的悲剧

爱是一个被迫承认的
名词及动词
是一种无奈的感觉
冰冷的牌坊

爱
也许永世也不会实现
挂在嘴角的
是一种愿望的等待

沟通的
只能是理解及关怀

一

走过爱情的森林
恋爱的芬芳穿袖而过
风季之后
缠绵被挂绕在了枝头
我们的心被百灵杜鹃以及
一切的食血动物啄伤
我们面临的是很客观存在风号着的
婚姻

我们拒绝渡河
但阳光散落
黑暗在身后吞噬了最后一丝篝火
找不到回路
我们寒冷
终于伸长了头颅
迈出人生最致命的一步

二

在水中
冰冷的语言及尖锐的撞击
是面临的难题

水流动不息的性质
使过去转瞬不返
我们哭泣的泪
也被岁月轻轻松松地遮掩

我们无奈
不能衍生成鱼儿
顺流或溯逆
我们只能是无奈的尖石
忍受水的打磨与
欺凌

受伤的心
在包裹着那一份纯挚的梦想
红色的泥土
在向下沉着

三

经年以后
我们也许是煤
或者化石
被煅烧或送进展馆

激烈或冰冷的火焰
很无奈但很灿烂
也许我们离幸福很远很远

但众口铄金的语言
会赋予我们多少赞美词呢？

盛世的流行
我们会悄悄被失落
藏在心里的忧伤
结痂而出

而城市公园　树荫下的爱情
依然甜蜜
谎言正横冲过多少耳膜
虚伪的美丽
构成城市唯一的风景

爱
向金钱低头
以击中的飞机的姿态
陨落

四

大海是唯一的归宿
万物趋于平静

各类词典　诗集
在复印着
空虚

败　恋

你白色的语言
是我唯一的收获

一

你沉默的诱饵
蛊惑了我的忧郁
你白色语言的珠玑
是冬天的大雨
将我热烈的心房
淋湿霜冻

二

你无言的一瞥
造就了这种层次的差别
我跪拜在第五个台阶
向上的每一步
都在与年龄较量

我的歌唱
越不过这种高于八度的音阶
我所做的一切努力
只是重复着一种迷惘

三

我黑色的头发
被你白色的语言浸染
我佝偻着思想
是痴迷的侏儒乞求站立

而你在水平线之外
俯视我的
是一片红色的
缥缈

爱上你实在不容易

你的娇艳美丽
高扬一袭粉红的裙裾

你桎梏的面膜
僵溢的表皮
没有勇气向你致意

你高直的目光
辉耀的意气
把我逼迫失去自己

爱上你
真不是件简单事
你只有在收获的季节
向一切因你而败溃的心
虚假地哭祭

爱的绝唱

一

如果你能够
清晰我的消瘦
那么我为你所延误的一切
已不再是可含恨一生的怨愁

如果你能够
清澈我的消瘦
我将伫立于你人生的路口
向你致以最温柔的
颔首

如果你能够
痊愈我的消瘦
我将在草儿旺盛的季节
义无反顾地将我的一切带走

如果你不能够
面对我的消瘦
让我继续熟视无睹地飘零
那么我沧桑的风骨
也许会成为你终生的恐怖

一切
只是感恩于你的宽厚
一切
只缘于我自作多情的伤忧

二

当你走了很远回眸西望时
发现我仍在秋风中虚耗
你是否觉得在人生的路上
多了些残酷

你笑靥的花季
我无心错过
想拥有你的一片香泥
也被千年的涛声
湮没

你的冷漠
是我终生难以的忘却

铭记这一份绝望
便是对你最严厉的审判

我站在悬崖上
孤立的风也许会谋害我
倾然倒下的我
也许不会有太大的叹息
但地上深刻的永世的
你的芳名
也许在向世人诉说着
诉说着一切的起始与
结局

第二辑

因为美丽

YinWeiMeiLi

致 WJ

你的无言
在静谧着我等待的心弦
你浅浅的微笑
对我是一种极富张力的诱惑

我纯洁的遐想
让你无声的语言
越过高于八度的和弦
在空中散落开来

我敲击心灵的琴键
模拟你珠玑的语言
你黑色的双眸
也许是一种善意的病毒
让我的思维遭受深深的攻击
死机无数

我并非偶尔地盲从
是缘于长久的激动
让你飘逸的长发
不要成为一种
防火墙式的阻挡

我等待

你脱口而出的那一声
对白

无奈的泪水润湿了等待的土墙
—— 再致 WJ

无奈的泪水
不断沾濡我的思念
在不断啁啾的呢喃中
一次次刺痛我情感的裸伤

让我不停地咀嚼这枚青涩
在这盛开爱情之花的夏季
即将而至的燥热
划伤我相思的波浪

风起处
那一张也许是最美的脸庞
将我等待的土墙肆虐
也许因季节而蓬勃的荒草
也不能站立

我在吞咽着那一丝丝美丽的遐想
不想让等待的土墙将我沉重地埋葬

我要说话　我要表达
向我心爱的人儿
伸出柔夷

美丽的企盼

——三致 WJ

让你我不经意邂逅在街头
让你我低头的颔首
成为一次情感的接触
一如那沙漠上的狂风
将我恐惧的等待湮没

就算眼神里没有交流过什么
就算你飘絮的衣裾是否
划过我伤感的干涸
仅让我似乎又几近憔悴的面庞
在你的心上形成倒影

就这样匆匆而过
连语言的苍白也无处悬挂

而在我渴盼的汹涌中
你一若暮霭的云层

让我的情绪一片滂沱
醉倒在梦中的夕阳
是我最动人的辉煌

我紧握这一份余香
就像是被你遗忘的美丽的
收藏

美的，才会成为我语言
追求的对象

——四致 WJ

如果与伊人失之交臂
那怆然失落的眼神与伫立
也许是我一生最大的失意

美的，才会进入我甜蜜的歌行
一次又一次接受我不停地吟唱
在怦然心动的感触季节里
我五彩缤纷的梦像风筝一样飞翔

在憧憬的那一种氛围里
与我的所爱泱泱在无隔无阂的彼岸
语言交汇的和弦

是吹动拂然致意绿叶的轻风
高于欢愉而飞越的百灵
是我们无忧无虑笑容的灿烂

时常在熙攘的人群里
捕捉你熟悉的身影
就像那牛郎织女
寻找那属于自己的彩虹

而你的莲花
也许在我的等待之外已经盛开了几千年
让我空叹这种怅然的美丽
正如远去的逝水
迷失了我的归期

期盼让我沉默

——五致 WJ

你窈窕的仙鹤
使我多少次梦寐以求的守望
从此滑落
注定要成为最后一次的回首
也一直蹉跎着不愿落幕
望穿秋水

你浅浅微笑的自如
一如优雅的仙子
一次次蛊惑我丰美的联想
像轻风一样
从容地逃逸

我贫瘠的语言不能表述的你的温柔
就像一只挥之不去的候鸟
季季复返我疲惫的心房
我张网以待捕捉你欢乐的歌声

而你的缥缈
让我期盼的结局
成为一片无言的沧桑

让心仪已久的不要成为我的
怅然若失

——六致 WJ

让我阴悒忧郁的心情
接受馥郁阳光的检阅
从心的深处
开始灿烂起来

常幻想着不能实现的空虚
让我的脚步也迷失了方向
不由自主受到的那一种种伤楚
也许是自寻的臆想给我的忠告

就算是心仪已久的变成
我的怅然若失
我也要艰难地走出无尽的迷惘
让心的感伤
去迎接一个个朝阳

我踟蹰不前的舟啊
已是扬帆待发
只等你轻昵的一句
便飞越激浪

让我把失落的感情寄存你处

——七致 WJ

好想　好想
让心同你一起飞翔
让我漫漫无期的向往
不再是一种疼痛的裸伤

好想　好想

和你伫立在街旁
让我把丝丝缕缕的衷肠
轻轻地敷在你美丽的身上

你如水的双眼
让我常在落雨的黄昏
一个人无依的举伞
思念你蜜甜的名字
一遍一遍

你随意的自然
使我常在阳光的映衬下
无力将影子承担
过滤你亲切的语言
一天一天

是不是只有失去才知道留恋
是不是只有错过才知道怀念
让人无法面对明天

只在无人的夜晚
让我放大
与你的细节
使我的痛楚

作于 5 月 29 日雨夜

——八致 WJ

多少次拨出你的号码
想将我思恋的心情向你表达
可我总不敢输出
我害怕得到你义正词严的斥骂

将我心中的淑女
彻底地打破
让我的心情如同呆立在雨中的
无语的树

只好让我坐听衷情
如雨滴落
让雨帘这无声的墙
阻隔交流
模拟一次又一次的向往

没有终点的飞翔

——九致 WJ

我疲惫的感情已经无法隐藏
就像是一次没有终点的飞翔

只得在似乎冰冷的电话里
传递我滚热的期盼

是谁　在一次次地回避
让我迷惘的泪水
失落在料峭的寒风里

被谁俯拾
一地的伤痛和满目的苍夷

诗的成因

——十致 WJ

不知你能否原谅
我飘零的孤独
让我寂寞的情感
像流浪的游子

无处寄放

没有堤岸的阻挡
我的生命正如逝水
将我青春的向往
因此我为你吟唱

鲜血一样无尽地流淌
经久的失意和无望的彷徨

也许因了感情的泛滥
给你带来深重的灾难
这并不是我缘起的初衷

我苍白无隐的诗行
风扬我丑陋的形象
让世界金色的阳光
黯然神伤

但我不能就此停留
我必须以使者的名义
将我无法掩饰的感伤
诠释曾经的沧桑

我整理你飘逸的长发

——十一致 WJ

你柔弱无力的双肩
能否将我无依的激情承担

在我自私的诗行里
是不是凸现着一丝残忍的诡笑

在我甜蜜的记忆里
你放飞过纷乱的思绪吗？
让我的行程
多了一份沉重
而少了一份铭心的感动

告诉我你风絮的内存
就像我整理你飘逸的秀发
让她明媚开放

苦涩的思恋

——十二致 WJ

我难以将苦涩的思恋
衍化成幸福的憧憬
只能用落幕的黄昏的语言
恬静地将我的失意
舒缓地吟唱

在心的空旷处
为什么总是站满了陌生的惆怅

难道心的沟通
总和绝望相伴而行
在跋涉中
是谁赋予了我们那么多的感动？
在时空的领地
难道还有文字打动不了的意境？

穿越不过空间的守望
只能零落一片

请给我们安排一次踏青的
境遇吧

——十三致 WJ

在我内心的深层
一直萌动着一个奢求
让我们卸下平日的粉饰和面具
还归于自然与随和

让我们在春天的怀抱里
雀跃成一只只呢喃的小鸟
或飞旋或低吟或诵唱
让绿茵为生命定义
为友谊孕育一个个花蕾

梦的延伸时常让我区分不清
是虚幻的现实还是真实的生动
只在慨然的叹息中
坐看星空

来吧
让我们共同去构思一种际遇
用心去感触
快乐的笑声　阳光的灿烂
和无拘无束的
放逐

你不知道我已喜欢上你?

——十四致 WJ

为了掩饰你无奈的焦虑
你封闭我的一切讯息
将我期盼的心儿囚禁
没有放风的机遇

与你无拘无束亲切地交谈
抚平了我多少伤痕疼痛的期盼
在心的深处
我已感触到了那种蜜甜

我已看见了唾手可得的幸福
正在我屏息的等待中翩然而至
却又像一只留恋鲜花的蝴蝶
飞旋而去

打不通是你黑名单的设计
通而不应是你的关机
让我在这苦苦等待的高墙之内
泪满盈眶

让我一次次的虚拟
像蝉蜕一样不堪一击

让我再次饱尝悲伤的别离

——十五致 WJ

是什么让我们一次次地逃避
失却太多表演的际遇
让曾经似乎已熟悉的心灵
像弓一样又张开了无尽的距离

难道已经受伤的情感
用封闭的残忍就能痊愈吗？
在一次次静谧的扪心自问下
我已迷失了你心情的路口

掩藏不住心的期望
失神的双眼感觉世界已一片茫然
让我无力面对生活的灿烂
不知所有过的幸福是否正在一步步走远
将我铭心的思念坠毁成陨石

什么也吹不动心的死寂
就像一尊丑陋的雕塑
在物欲横流的闹市
被人踢来踢去

我的心里只有你

——十六致 WJ

我散落满地酸楚的记忆
已无法拾起
在我痛苦的遥远
你小鸟依人的话语已成为过去

我黝黑消瘦的脸庞
将我悲伤的内涵渲染
在我苍凉的心中
世界已是一片无望的苍茫

已经不能克制那即将滴落的一串
死寂的心已不能再次呐喊
不知在你平静的心里
是否也有火山在蕴含

我贫瘠的心田已经被你牢牢地占据
荒草已经一片葱郁
没有谁的脚步再能踏进这片禁地
让我的人生尽显苍白与无力

你能否用动人的言语
将我迟钝的目光扶起

在我支离破碎的心里
仍多么期待你黄金的信息

我常亲吻你的照片

——十七致 WJ

常在无人的夜深
把你生动的端详
让你每一寸柔滑的肌肤
滚过我烫热的脸膛

可在真实的生活中
面对你年轻的纯真和无邪的美丽
我失却了种种污垢的企意
只在心中一次次叹息
你的豁达和我的鄙弃
祝愿我们真情的情感
像莲花一样永远馥郁

真正的不忍心去伤害
而给美的带来任何残缺的不齿
宁愿让我背负情感的重负
不能让它肆意发展成吞噬人性的孽债

这正是我的担心忧郁
也是从不宣人的秘密
让友谊获得长久的土壤
就不能允许风虐雨狂
不知我这痴梦般的呓语
能否获得你的首肯

就像一次精彩的演讲
失去了观众热烈的鼓掌

让我再一次把你的形象
静谧地抚摸
一如抚慰我心的柔软
让歌声去赞叹
欢乐的心情和真诚的祈愿

致雪花中的芊芊

失望的泪水润湿了等待的土墙
相见的念头荒草一样肆意疯长
是你的目光在不断摇曳一片苍茫
我倾倒向你的轻履
愿意成为你一生爱意的践踏

最是你的纤纤素手

搅乱了我的一腔思绪
让我在纷乱的尘世
再没有了任何更加艳美的向往

是谁在一直不停地张望
像月亮一样割舍的刺探
我遗憾自己不能像轻风一缕
将你的脸庞珍藏一样摩挲
而我只能守瓶如口的
将你在我最柔软的角落
轻轻地擦拭
永世地敬仰

你好像潺崖上的一株灵芝
绝美　清香
让我一生用生命去拜膜那一种虔诚的守望
让我的心思就像洁白的雪花一样飘落飞扬

我知道当阳光扑满我的前程
在我的胸膛里
你还是我今生最丰满的甜蜜和梦想

我不知道
当春天时
我是否还能穿上绿衣裳

致小芳（一）（六首）

一

固守你的语言
这干涸的季节
我裂裸你的伤口
等候你温柔的沾濡

我知道
越过空间的遥远
只能凭一种信念
而你的脸庞
是否为我深深地祈祷
开过一次笑靥

任风吹来吹去
吹不动我沉重的心绪
任它懂了我的秘密
我坐在这里
仍还是深深地等你

在阳光灼热的时刻
我望穿秋水
只因那份等待的心
把一切悬挂得好疼

而你　在清寒的黎明中
是否把我的结局
散落成一片无奈的秋枫

二

我听见自己在不停地消瘦
在夜深孤独已定
我哭泣的时候

我的诗行
只能停留在那个诺言
向上每发展一句
我都会感到阳光
在向下沉落

很冷的不只是我的心境
想必还有你的面容
你的蹉跎是一种透明的过错
是彩霞何必等到日落

我空旷的胸怀
森林一片苍茫
在树木的远处
我想该是你的家园
你不是有我的方向吗？
怎么就迷失了呢？

你的态度超越了情感
使我感到春天是那样的
遥远

三

静静的夜
行星咬啮我的心
月光迷蒙一片忧伤
向四处撒落

我揣摩你的面庞
目光的方向
你冷落的泪
冰凝成我秋天的梦

我深深地祈祷
用迷路孩子纯洁的语言
风沙的态度使我很伤痕
我真想走出沙漠
可无法摆脱力量的虚空

看见你黑色的睫毛
在忽闪着精灵
我看不清字行
只用洁亮的心声

沾抹那一张素笺
作为记忆的永恒

四

我的哭声
穿越不了你秋天的冷静
我难以使自己忘怀那一种妄盼

你坚固的城墙
封闭一切的讯息
我流浪成鸟雀
找不到你心灵的小径

难道这样永远让蕾的姿势存在
我不知你冷漠的无情
缘何而起

月亮澎湃我的寂寞
风的身影很忧伤
猜想这满目的凄凉
定然会走进你的景框
你在无动于衷中内伤

我听见你将放飞的语言
已在胸膛欢唱

五

我脆弱的思想不能想象
失望的钟声有多少分量

我感到时间
是一把冰冷的剑
（在这依然炎热的季节仍使人感到冷森）
扩裂我等待的信念
我看见可以繁衍爱的土壤
正离我远去
慢慢地漂移向另一片海洋

在无限远的地平线
你该是怎样站立眺望的呢？
我想象不出那空中的雁阵
是怎样掠飞过天空的领域
凄凉四周横云

我感到自己累了
想放弃梦幻
但心中无声的沉默
好像固定着一种执着
我盲目的探索
正逐渐失落
在心中堆积的绝望
重复一阵裸伤的痛

六

穿过季节
我看见一片迷茫
渐渐包围雪洁的心房
我的目光
清醒但寂寞

我静坐
与石头抗衡
透过山的遮挡
想象你最后的模样

干旱的季节
干旱的不仅是一种花季
而那个秘密
也只得蜷缩在心里
让哭泣
为它葬礼

那冷冷的石头明亮的眼睛
如果会灼伤你的心灵
在绿色青青时
你可以来踏青
为它沉睡的梦
透露一点真情

爱

孕育的落叶被秋风消灭

致小芳（二）（二首）

一

不能酿就那一种甜蜜

我朦胧的苦涩

是难以感知的失意

让我远离锐疼的关切

远离那即将喧哗的秘密

躲在黑色的角落里

一个人哭泣

看着泪水慢慢地渗去

掩盖那一份等待的希冀

不能酿就那一种秘密

我强忍住原形毕露的悲剧

回转身去

让我看看生活的美丽

看看田野上飘香的空气

脚踏泥土我不再远离

让花事的心卸落

我重新站立

我重新面对的
是新的土地
我希望的种子
不会再沉寂

二

我是你粉红色的一片记忆
成为灰色的背景藏在你心里
你冷漠得懒得去翻一翻过去
我不能出走不能创造惊喜的机遇

那一年　我飘飞的衣衫
把你激动的语言呼唤
蓝天的灿烂使我们感到温暖
但苍茫的夜色
把这些放置到遥远
你不再看见我
在日暮西下里我素描得非常感人的
身形孤单
（据说不忍卒看）
而夕阳
正温馨着一种静谧
悄悄落山

我是你曾有过的一节青春梦

我们没有开出花儿就匆匆惊醒
我等待皎洁的月明
让风儿把我的一折剔出
让我感到不再束缚的轻松
让我遗忘这种难述的隐痛

致我曾经的最爱

我站在人流的空旷处
任世俗的风将飞言不停地侵袭
而我的忧伤已是一片汹涌宽阔的海洋
那一江的清冽
是我晶莹的泪水

一些轻薄情感的小舟
总想破译我过分张扬的隐秘
注定将成为旷世思念的爱
被近乎虚无的冷漠洞穿
让他们淹没在我郁郁的苦涩

寒冷似乎正在无时不在地眺望
我苍茫的眼角已失却了一触即发的
深邃孤傲的目光
而所有的来路去路都被无形的高墙阻挡
我蹒跚的等待已变得形单影只

一任遥远的芳香在无人知晓的角落肆意地开放
有些不经意的放逐
只能加深一种淡淡的浅浅的失望
死心如灰活心似水
那敞开了几个世纪的近乎梦幻的扣手之门
已倒下成为一条甬长的陌路

是谁总在寂静里用牵挂偷偷地张望
让我了然地凋零难以凝结
亘古不变的永远是一些
无法用文字表达的失落
让我将梦境中精髓的诗行无忆地遗忘

让我停止了浅白无力地吟唱
去思索一些能越过千年的厚重的史诗
而你总是在一些幽暗处浮动冷艳逼人的寒气
照澈的茫然
让我聆听的思绪一次次沉沦在无边的落寞
在酒那浓烈的香甜中
让失去的记忆像翩然远飞的蝴蝶
重新迁徙回来

守望在时空之外的是流花的等待
为什么总有一些铭心的伤痛像漩涡
在我已木然的心灵外不停地徘徊
最是那拂手的抚慰

让我无力地摇曳在一片
混浊的朦胧

而广袤的伤痛
已找不着了回家的方向

致我心中的最爱

如果人生是一条长河
你则是我所流经的最丰美的绿洲
这里百花盛开　姹紫嫣红
这里欢声笑语　莺歌燕舞
永不会有沉寂

如果人生是一首短歌
你则是我所歌吟的最激壮的小节
这里回荡曲肠　令人震颤
这里热血澎湃　催人奋进
没有低沉的咏叹

如果人生是一幅画卷
你则是我笔端下最鲜活的版块
这里苍山含黛　蓝天掩映
这里绿茵如织　繁花似锦
让我赞叹艺术的真谛

如果人生是一首长诗
你则是我情感中最有节律的短章
这里缠绵如诉　风情万种
这里刻骨铭心　幸福如意
让我跪拜生活的美丽

如果生活是一杯美酒
你则是那佳酿中至真至纯的香甜
这里馥郁浓馨　芳香无比
这里百里草木　一片芬芳
我一饮而尽
让你成为我永久的珍藏

如果人生是一段征程
你则是那崎岖路上高歌颂唱的坦途
这里春和景明　鸟语花香
这里四通八达　高楼林立
是我最动人的设计图卷

如果人生是一片回忆
你则是我梦里片片坠落的鲜花
这里蕴藏伤感　触人心痛
这里诗情画意　沁人心脾
是我人生最丰厚的拥有

致戴某

你含蓄如水珠玑的语言
像一串串璀璨的镰月
将我郁郁葱葱的思念收割
让我的爱恋荒草一样疯长

但在看不见的泥土下
你可知晓
你已在我的心里刻下印版
让我每一次遥望蓝天
你就会在我最柔软的角落
刷新一次最伤痛的贪恋

于是我用心灵的彩笔
来想象着描绘你娇艳的模样
这里是你飘逸的长发
那里是你如水的明眸
这边有你身影的修长
那边是你春色的芳香

你年轻如花的笑容
让我春天的水面
不再沉寂于无言碧波的荡漾
你灿烂笑容的微风
将我的心田划出裸伤

在那无声的涟漪深处
我把你的模样
一次次地放大　扩张

在那憧憬收获的田野
让我将深情的希望虔诚地安放
让你芊草拂动的手臂
将我一片思念的歌唱
吸附与你甜蜜的心房

再致戴某

你浅浅的无言迷人的微笑
透过厚重的空气的阻挡
给我传递着春天的阳光
让我在金牛的春天
从此告别宁静变得不再寻常

我似乎听见你浅语的呢喃
在我屏息悸动的耳畔滴落
是你一次次用葱白的纤手
将我纷乱的思绪重新排列
让鸟鸣的叽喳不再是空虚的传说
而是为我放声地诵唱

歌唱你深情如水的明眸
歌唱你珠玑滑落的语言
歌唱你娇艳鲜美的面庞
歌唱你羞涩颔首的模样

让我感动于上苍的赐予
让我和你邂逅在三月的春天
让我把你恒久的记忆
就像月亮
永世围绕地球旋转

让我收藏起厚重如云的伤感
用欢欣拥抱明天
让我把你的美丽珍藏
让春雨不再欺凌我苦苦等待的土墙
在你放目的地方
尽是一片我阳光的赞叹

请给我一颗温柔的种子
我为你收获秋天的金黄

致爱人

一

你的话语缀满了天空
漆黑了蔚蓝的穹境
落雨
你切切的关怀包围我的心坎
向深处渗透

就这样站着让你亲吻
抚摸我痴痴的心情
走向成熟的季节

风　是唯一的向导

二

我无法调整我们的距离
只是有时轻声叹息
不管我更换多种诱惑的姿势
你总是沉默不语

太多的日子我痴想成疾
多少的月光下我孑然倚立
呵　爱人
如果爱是这样的难以琢磨难以想象

无从倾吐心迹
我愿　让你
在我铭心的记忆里抹去
并且终生不悔

致 XT

你恣意飘逸的长发
似一坛历经陈年醇香的美酒
毫无悬念地将我醉倒在
这明媚灿烂的金马之春

你随意的呢喃细语
一如抒写云帛莺莺婉转的云燕
无忌地占据我苍老荒蛮的心田
于是种子开始萌芽
向上伸展着一种静谧的
隐私

你风铃般呓语的衣裾
敲响的不是我心的弦子
飞舞的是一种超越季节之外的律动
让我无力地沉沦于目的喜悦
和身的浅行

是谁在用那纤纤素手
不断拂动我怅然若失的心旌
是谁在用灵动的双眸
无波地向我传递花期的讯息
更是谁用婀娜斜飞的身影
重复地向我绽放一次次鲜花的芬芳

而最深的占据
却是那枚墨黑的软靴
在我心的印版上刻下最深刻的一笔
让每一次甜蜜的回味
便重新复叠一张全新的悸动

我就这样无助的受伤
曾经阻挡我的茫然无"的"飞翔
让心绪去迎接春天的空旷
而我不羁的裸足
更加坚定了你心房的方向
让我粗犷的歌唱
向风的来处
向雨的去处
向云的高度
向月的朦胧
抒发我真切的畅想

致 GQ

让我至今忏悔不已的
不是结局
而是缘起

即使用我弹动的语言
也难以表述我无法名状的失落
当我与你失之交臂
我知道我这一生的裸伤
是不会真正地痊愈了

一如黑炭那激烈的语言
都急于脱口而出
没有点燃心情之火的星光
我的语言锈落在记忆的深处

让我把裸伤遮掩起来
不要成为我前行的陷阱
我要让阳光
披满我的远足

在你青春的标本集中
我也许只是一位匆匆的过客
甚或不是
只像风儿一阵

涟漪已不再

让我矫正生命的高度
在时空不再排迫的高楼
让驿动不止的心
随坚强的呼吸
缘起缘落

致 H

你埋藏着心灵的死弦
从音阶的最高处
滑落

我冷落的久久惊悚的眸子
在向你的语言探索
春天
季节孕育着一种语言及温度
还有爱抚

你腼腆的偷觑的目光
在我身上无声地滑行
我感知
但无法用声音以外的物质
表白

人世间
如果还真的存在着语言也打击不响的角落
那么绝望的存在
也许是真实的了
（梦想只是海市蜃楼）

凋零的花絮
在春风之前落英
苍凉　但不会伤感

夜里千声万声呼唤过你的名字
已在我心里刻了印版
让风儿逝去
让泪水隐去
让岁月漂流
让白发掠飞
让它在心里一次次地
复印着今世的
无奈与悲哀

花的语态和形式
仙的只是一种外表
子时以外的空间
我在精心设置骗局
好让你的赤足
想象着哪一种

你曾经涉脚的幸福
呵

只有你才能明了我的忧伤

因为彼此都熟悉了每一个眼神
我生命中的绿色
只有你懂得怎样点缀
所以你只能成为我的知己红颜
在岁月的每一年
每一年的每一天

你无边的放纵
是我曾经最深的梦
在最柔软处失意的律动
只有你才能懂得何去何从
因为你已是我的网络红娘
只有你才能明了我的忧伤

于是我让所有莫名的情愫
飞箭一样向你抛来媚眼
我知道秋的尽头
一定会有春姑娘的绿衣裳
于是让我所有的忧伤
向你敞开明媚的胸膛
为爱歌唱

致 FR

——让我感受美的喜悦

你婀娜的步姿
是一支跳着舞着盛开的荷花
倒映在我泥泞的心田
让我陶醉一片赞叹的遐想

你仙鹤的盈盈
飓动我心的萍然
也许除了清香的云彩
再没有什么能够形容

欢乐的眼睛让空气生动起来
柔和的语言无阻的穿越
心的峡谷
让清晨的阳光冉冉初袭

让清晨的阳光冉冉初袭
啁啾我思想的律动
让我用飞翔的目光
俯拾这一地黄金的收获

在四月的春天，我以邂逅的
名义守候到了你

屏息自己一生的心事
以花儿的形象　　　以邂逅的名义
伫立于你的来路
我知道我一生的守候
也就是你将要到来的时刻

把我酝酿了几个世纪的
几乎脱口而出的情愫
静默成一朵朵已经开放的芬芳
还有不曾让你窥绽的蕾
我小心翼翼地
向你展现我整个季节的芳香

而你深呼吸的一刹那
我停止了一切的呼喊
我知道你在用爱感受
我前世和今世的沧桑
任凭蝶儿和蜜蜂再一次钟情地呼唤

为了你的笑颜
我邀请了春风
我宴饮了流水
我拜谒了春泥

我相约了朝阳
我让雪白的梨花和带雨的杏花
暂时回避在孤僻的角落
我要用我粉色记忆的仪式
相映你娇美的面颜

于是你也为我开放
橘黄色的靴子是你的花托
黑色的裙裾是你的花萼
你开放在我四月份的怀念里
开放在孕育我茁壮成长的泥土上

我贪婪地吸附你的馥郁
就像泥泞肆无忌惮地吸附阳光
在整个世界都趋于静寂的时间
我把你文物般的珍藏
在我最柔软的角落
收获的果实已开始蕴藏

在你转身的一刹那
我冰封自己的思绪
让一切都凝固在永恒的一瞬
让一切的想象荒草一样疯长
让雨水不再欺凌
我苦苦等待的土墙

当你无邪的笑声从我耳畔滑过

你可知晓在你曾浅浅留下的脚窝
有你倩倩的倒影
就像一张张印版
在花事的心底复制
永久的怀恋

尽管你没有用你的芊芊素手
将我旷世的思绪抚慰
或是将我的感情折断
我知道你的爱恋
就像深山中的明月
柔滑而光亮

你浅浅的呢喃
在打击我的每一个花瓣
让我一生的晶莹纷纷滴落的
不是你的亲昵
而是你纤细的呼吸

当我让清风将我的手臂摇曳
我知道今生我已再见不到你
就像一条汹涌不息的河流
不经意穿越过我坎坷的牙床
空留一腔沉重的呜咽

我把你的花朵珍藏
我把你的美丽记忆般的遗忘

让你轻盈地消失在我的脸庞
让我送你一片灿烂的阳光
直到地老天荒

只因为无缘相聚

我一直在时刻关怀自己
在夜深的掩盖下强烈地抒情
低声地呼唤自己的名字
一次
一次
又一次

我常和自己对话
我否定自己再证明我自己
我不能抛弃我
如同金子永远不能失去
灿烂的光泽

我分不清我是真正的哪一个
因为我无缘与你相聚
把我当成你

远离花季（组诗九首）

一

1

你站在高楼的边檐
俯视我的爱情
我展绽着心灵
等待你的滴落

我看见风飘落你的翅膀
消逝我的等待
我听见你的鸣叫
开始趋于忧伤

我敞开固定的胸怀
我陷落
拒绝逃脱

2

不能共鸣
我听见我轻弱的呼唤
在空旷的大厅

我以自己为中心
从门口扩散
野外的风

把我吹得零落一片

我滑翔　越过寂寞海洋
你展翅的风
把我飘向何方

3

我雪色的情感
迷茫四周银白一方天地
你轻轻地接触
被我的泪水沾濡
你淋湿了情感
慢慢冷却

我透过你明亮的眼睛
捕获你的即将
脱口而出的那一句

而你的茫然
封闭了我的刺探
在你火热的逼迫下
慨叹伤感

4

我感叹黑暗的阻挡
使我的语言迷失了方向
我轻轻对着你的影子忧伤
我无言

只因自己无法退场

我撕裂的伤口
无奈着一份期盼
不知你何时才会姗姗而来
圆满我陷落的爱

二

1

我眼睛的窗户
交织你的身影
令人怦然心动

我宽阔的胸口
铺满了平坦的语言
吸引你磁性的鞋子
步入成为我的珍藏

那一刻
我冷激的眼泪
乘风泻落
封闭唯一的出口

让你
冷却为光芒的太阳
和我面对

2

那涉过河的
抖落一身的赘物
空旷的海滩
使它坚守每一条直线

爱情
没有固定的遥远
步伐的方向感动心灵
因你伫立一座等待的帐篷

足迹盘旋
绿洲的风景
勾动那根冷漠的心弦

弹响在空中的幸福
只是温柔的那一瞬间

3

在风景的窗口
你慢慢褪去
群鸟的嘈杂
加深了这种静谧

心儿在背景的衬托下
慢慢飘落
飞翔成一抹轻快的箭

我看见箭尾
深入遥远

我自空虚的阶梯上
落级而下
我接触真实
使这一份爱获得泥土

窗口的叶片
隐伏一种冷漠的蕾
而夜色
正在门外弥漫

4

覆在身上的薄衾
化成一层忧伤
我慢慢地入梦
色彩像松明子一样
温柔

你的呼唤造成一种落差
失落的
我不知是否还在等待
在情感的朦胧中
我放飞含泪的那一句

我的爱

慢慢地徘徊
我听见谁的无声
正在掘造情感的管道

我等待风
把袖儿招摇

三

你婆娑的舞姿
缥缈在我心空旷的大厅
我的眼睛是唯一的光彩

你的船已搁浅
我的语言无能为力

你洋溢的激情
越过空间的空灵
深深地把我击中

窗外的风
激烈地勾勒你的身影
向四处传送

我平端着潮汐的心情
用洁白哈达的语言
向你祈祷爱恋

钟声的力度
传阅的很远

语言只能刺穿心房的阻挡

我品尝你长发里的飘香
就像呢喃的春燕
叼食季节的芬芳
横剪天空的羽翼
是你的一抹凝望
让我醉倒的一片忧伤
已被岁月珍重地收藏

我透过照片无法比拟的厚度
想刺探你曾经的隐私
可你明眸裸露出的自然
让我惊醒于道德的恣肆
你轻松的一瞥
让我引以为豪的憧憬
羽毛一样片片坠落

守望着你不曾启唇的那一句
就像星星守望着月亮
伤感而又彷徨
悠远而又漫长

要为每一个曾经的所爱
付出代价

如果再不能弥补爱的缺失
这也许将是最后的表述

一

当次第的伤感被一一串起
风干成一抹令人心悸的记忆
当无奈的期盼被一次次击穿
空留遗憾的残骸将我苍白的心灵占据
当一次次已无法沾濡的泪水
在自愿充当着一枚枚分层的标记
当我唏嘘不已的叹息
已不分昼晚地将我的无依
表白成一种已经不再的秘密
当梦境与现实再不能被分离
我的目光已不再有希冀

我才肯承认我的心
已被曾经的所爱纷纷割据
迷茫中是谁在用风的语气
试图拭去我尘封的过去

二

让那些曾经有过花朵般绽放的笑容

在心中荡漾成汪洋的清冽
让那些曾经缠绵如歌的倾诉
在梦中摇碎一片如水风情
让那些永远咀嚼不竭的甜蜜
排列成我唯一的思维的雁阵
让我一生的豪饮
停驻在这如痴如醉的黄昏
而浅笑的峥嵘
将那一丝丝曾经的奢求掩盖
在音讯失落的季节
爱也飘忽不定
像一叶试图浅行的扁舟
已葬身于汹涌的情殇

三

是谁将我一瓣瓣散落的
凌乱的凋零
用尽气力地俯拾
以期留恋我旖旎的衰败

是谁赋予了我无尽的落寞
和无边的孤单
是岁月悠长的轻吟
是人生短暂的别离
是所爱无依的割舍
是拥有永久的失落

让纷纷远去的身影
一次次灼伤我热情的向往
让那些遗落的无奈
将我的伤感一味地追寻
一如无依的伤痕

停驻不前的跋涉
总是在踉跄地阅读
我丰厚的内存和茫然的希冀
唱尽哀曲的不是落幕的萧条
像是无方向的航船
无论任何方向的来风都是一种明显的阻挡

我跌倒在记忆里
感激的泡沫将我包裹
像一只无尘的稚子
放飞一声声纯真的啼哭

因为彼此都熟悉了每一个眼神

因为彼此都熟悉了每一个眼神
语言只能刺穿心房的阻挡
除了眼神以外的感觉
你已经没有什么理由

可以像拒绝这样理直气壮

因为我艰辛的跋涉
已经感动到你的温暖
而没有任何阻隔的空间
让我们像初识的恋人一样畅所欲言

那蔚蓝的天空
因了你的恣随而更加高远
在看不见的远方
不知道明月是否在装饰我
曾经夜夜不眠的故乡

心的荡漾
已像秋水一样烂漫开放
在心底的潮头上
记着聆听我深深浅浅的
吟唱

雪花使人感到孤独无依的寒冷

雪的洁白
几乎让人感触到温暖
柔能克刚的冷雪
巩固了一切的城堡

墙高而且厚
严肃地阻隔了我
潮湿的情感

我在雪地上复仇
深深地刻履你的名字
让觅食的冬雀
啄食你坚硬的灵魂
还我几分惬意
鸟儿飞起的时候
让我祝福它会带给你
我铭心的思念

雪又纷纷扬扬遮掩你的名字
我在心里悄悄关闭你的消息
我感到冷　真想拥你在怀里
让我遥想这冰冷的雪
是怎么进入你的眼里

斜阳的身影

一

依稀梦里记起
幸福已成过去

看斜阳
影子一片忧伤

泪眼里
不忍转过身去
听任滂沱的大雨
冲决情感的堤坝
去吧
风雨声一片
我已孤独无依

二

无心错过的
总是记忆中的美丽
失之交臂的
却总是红粉知己

让宣泄了感情的心灵
也苍白起来

三

剔除了千万次的片段
却总是格外清晰
在你的心灵之外举起的那双手
不停地泄露我眼中的隐秘

走过了门槛
有些面目不能回忆
但冷冻在心里的
总是千年不凝的泪滴

四

你光辉的太阳
是辣椒敷在我的伤口
把我麻木在这个社会
不再因为你的呼声而回音

阳台上
心弦已尘封很久
我收不回来的守望
在斜阳的身影中
在等待你高一声低一声的吟唱

今夜月落无声

五

你的数码心境
盖着条码的防伪设备
我用过去的步伐
混得过你的眼角吗？

风雨无情

花月无情
水流人非情已远行

六

一句问候
惊落几多悬挂的泪珠
一声昵称
了却几多荒诞梦

在陌生的电线里
用磁滤过的变调言语
阻碍得住
高山和流水吗?

让我把影子藏起来
让你看我的伤痕

小芳啊，要知我仍在苦苦地祈祷
（外二首）

在中国　这最后一个
将要逝去的最漫长的冬天
我感到　想你
小芳啊

这正铭刻成我心中的一座
忧伤的丰碑

在这些缺少阳光的日子
我沉重似铅的心情
任北风怎样检阅
也难以舒缓
小芳啊
在寒冷遍及的每一个角落
在中国　这最后一个
最漫长的冬天
我都在苦涩地等你

落光树叶的枝干
是我旗帜的宣言
我不知春风
让我的小芳
是否飘拂我的额头
小芳　我的春姑娘
我不知春天来时我会不会穿上
绿衣裳

而我所有的期盼
都在极力向上
在中国　这最后一个
最漫长的冬天
我都在把我亲爱的小芳
天仙般的歌唱

小芳，我现在该怎样

没有爱抚的冬天
我的眼泪经常汹涌澎湃
我迟钝的心
无法越过这片朦胧

在苍茫的前路上
没有人温暖地扶助
设想不出会有什么辉煌
在把我等待

在春意姗姗将来的冬天
小芳　你可知道
我是怎样的期盼你相知
度日如年
在料峭的风里等你
一天一天

我梦见你的笑容
铺满我被风咬啮的心房
我听见你消瘦的身影
也在不停地丰满

小芳
这个令人眩晕的动词

在字典里
查不出她的内涵
在我人生的书页里
她是这样萦绕肝肠

小芳啊
真正令人寸肠断尽的
是你那忧伤的目光里
诠释的
彷徨

我期望得到你的微笑

苍凉的背景中
燃烧的火焰所描绘的那种语言
是我真心渴盼的你的微笑

在夜里
爱的灯火彼此点亮的希望
在林中
水的叮咚指导着路的方向
在冬天
梅花对于白雪的真诚奉献
一如你对我的
亲切的笑

你柳眉下的剑
不知可否出鞘
一如冰冷的子弹
疾驰过我的心房
使我在炽热的爱中
倒下　只要
因了你的微笑
为我开成最后的花朵

我们是板块的一半，走在一起
形成海岸的风景线

我不停地伸手触摸海的温度
期望感觉你那静谧的温柔
如果让我失望地迈出脚步
这生也许不会再回首

不要让我等得太久
在多少角落里我伸出无助的手
让鸽子把那一份相思带走
把风儿诉成无言的孤独
把夜色染成感伤的轻柔

如果你迟迟的蹒跚到海边
也许我已乘了扁舟消逝在遥远
刺痛心的利剑让我的忧伤擦亮
像一颗苦果横亘在心灵之间
刺向我暗自坠泪的明天

把高举的手站成路牌等你来到
我和风含泪竭力呼唤
让海燕带了我的祝福为你导向我雄伟的双肩
让我们就这样依偎和砌成情感的岸
听爱的奔腾
心的呼唤

我品尝你长发里的飘香

风吹来的时候我在和你交谈
我知晓风丝儿
是你放飞的语言
在无字的信笺里
你把情感酿成的蜜甜
赋予了她多情的面具

在浅浅的季风里
我嗅到了你的发丝里
散发的爱意绵绵

当秋风掀起我单薄的衣衫
我知道你在向我嘘寒问暖

让彻骨的寒流
作为你对我最深情的呼唤
我知道家的门槛
已延伸到我停驻犹豫的足前
我慢慢地踱步故乡的方向
就像我慢慢地把你品尝

我所模拟的爱（外一首）

我听见你忧伤的眼睛
诉说着无期的沉默
让爱的言语纷纷坠落

我感觉我哭红的眼睛
依然流露出不改的深情
我黯然地痴心模拟
那一份迟到的甜蜜
我隐约看见我伤心的爱恋
独自徘徊在冰冻河旁
无从温暖
无以遣返
只这样几次踮足

欲向水的深层
贮藏永恒

不要说冬天太冷
你要相信烈火的爱情
飒飒的西风吹不散衷情
为爱传递心声
巩固爱的氛围
让我们互相勉励着
用诚挚的微笑
支付前程昂贵的路费

结　局

你飘旗的长裙
胜利地宣告我的失败
你迎风散扇的黑发
是燃尽的爱的宣言

我听见泪
从你的身上泉涌着
呼喊
勿要爱我如斯

我捂紧心中的失落

看着无奈的烈火
焚烧自我
一如落水的百灵
抖抖索索

我愿你是我的网络知己而不是
我的梦中红颜

遇见你是我的缘
在这浅浅的窄窄的 QQ 空间
就像是迷路的星星遇见宝石一样
你的介入就像暴风骤雨前的海浪
幽默而压抑
让我的目光从此也开始变得深远

我愿这样默默地守候
等待你悄悄地留言
或是你衷心的随意的祝愿
我愿你成为我的网络知己
而不是梦里念念叨唠的痴迷红颜

在甜蜜的隐身里
有谁知道相通的两颗心
在寒冷的冬天里相互嘱咐
相互取暖

如果说冬天来了春天已经不远
那么我更希望春天来时
让我们的心情去轻松地遨游太空
不再为苦短人生栖栖嗟叹
因为有你　因为有我
因为有缘

无奈的等待，我害怕你抛弃
我的爱

不要让我等得太久
无期的沉默像一只巨兽
吞没了我最后的希求
让我悄悄地听见你的祝福
为你爱个够

不要让我等得太久
我真伤感十月的天空冬天的气候
风儿冰凉地抚摸我霜冻的手
让它告诉你我无言的孤独

不要让我等得太久
我沉寂的桨激动地会生锈
当风儿吹我飞泪飘成雨的画轴
当别离的疼痛使我寸肠断裂无法挽救

我仍要告诉你我还该远走

让你成为我爱的最后
让我去爱的荒漠漂流
让白发横生囚头垢首
为爱雕刻永世的痛楚

不要让我等得太久
我已望断风雨即将衍化成石头

相信爱不是一种无奈的等待

妹妹你不要无动于衷请仔细听
窗外是谁的哭泣星星是谁的眼睛
有风的日子你千万别躲过我的一片痴情
落雨的季节你不要静听心中泪落的呼声

呵　妹妹
你若稳如磐石不为我动我一生何求
这世间关于爱的忧念思虑我已饱尝了够
不要让我孤单地诉说无尽的怨愁
请妹告知我心带妹跟哥走

我迷失了前方的道路急盼妹的眼
你不能老是透过遮掩的指缝偷看我流泪的脸

万里的路程也难以隔断杜鹃啼血的呼唤
莫要让哥哥痴盼喜欢泪断肠肝

我苦苦思索太久为何你的心肠竟是这么硬
守瓶的金口冻封一切的音讯使我感到冷
是谁窃走了你的激情使你的心扉从此冻凝
我多想提了长枪跨了战马攻入你心中
成为永垂千古追求爱情的英雄

呵不
我怕那样会把你无意的伤害
我始终相信我等的女孩已接受我的爱
她正含了微笑拥着光热向我一步步走来
呵　万世不竭的爱

我曾试图走出这种伤感

并不一味依恋你迷人的笑脸
回报我的衷心是你揪心的冷淡
我曾失望试图走出这种伤感

沉默好久以后哀叹出的第一声
仍旧是对你深切的呼唤
我是一只挂在风中的秋蝉
风不断地消瘦我

尽管已蜕脱了一层祈盼
留在心中的
仍是曾有过的聒噪的呐喊

寂寥的夜深
我慨叹星光的空灵
找不出你的眼睛
从哪个方向寄来真情

前路一片沙漠
我的骆驼被你无言的沉默吞噬
我没有面罩
一任厉风把我肆意欺凌
我无法摆脱裂心的苦难
为我引向希冀的灯盏

为了谁

夜里
我常常激烈地抒情
将思绪涂满纸张
为了谁
燃烧一腔心衷

白天

我只崇拜心中的太阳
拜膜的歌声婉转而凄切嘹亮
真正的太阳
撕破我的形象
我　仍在尽力地把谁
遗忘

真正的问题并不是
是否依恋
关键是
彼此的目光
是否璀璨出磁场

我悲伤的爱情

我贫穷地患了红眼
被隔离医疗
遗失了金钱的叮当声
穷地叮当

我相信爱神
不是尊贵的铁树（千年才开一次花）
而是随处可生的野草籽
希望爱情的种子
会落入我脊瘦的怀中

畅饮我相思的涩泪

因为贫乏
我的土地缺少虚假
而满充深情呼唤的
是我真心苦苦的
爱恋

我多想枯瘦成一只蜜蜂
永远为你奔波
只怕你娇艳的花朵
迟迟不肯为我展露
灵芝的秘密

我遥远的爱情梦
一如断了线的风筝

我不知

一

你深红的语言
把燥热的夏天带入人心
你冷漠的眼神
更加膨胀着这种高温

你黑色的飘逸
在无色的人群中
是怎样的一种宣言
我不知

二

你剧瘦的脸庞
和削薄的肩胛
诉说不尽的是眼泪
是内心的一种真情

我一切的努力
只会充实你的灵魂
而鲜花
是否代表了一种浅薄
我不知

三

你再次的沉郁
带来一副枷锁

我不得不把自己锁住
让你牵着
但你最后的裁决
是感化还是遗弃
我不知

随想伤感仿调诗四首

一

思绵绵　恨绵绵
思浓着衣难合眼
恨至极处泪伤肝

欲笺心事
冷月残影心难煎
笺寄相思
路僻人恶难遮眼
叹！叹！叹！

放逐心底　却上心头
忘怀那泪丝的细诉
清晰你如水的温柔
爱莫能聚　爱莫能够
愁！愁！愁！

回首往事　不知进退
望干烛泪哭伤肝
夜梦含伤低呼谁
身形俱累　身心尽瘁
悔！悔！悔！

二

展开一方洁白的素笺
不知语言从何处突破
原知卸落的是一场相思
却无缘平添满腔的失落

想你素肤胭肌的细手
透过空间拨乱我心的前途
夜夜我心的领地
被你缥缈的身影占有

恨笔触太吞吞吐吐
恨片纸更颤颤悠悠
静坐塑像
泪斑模糊我怆然的丑陋

和衣而卧
心事四处出没
而那蕴藏的一缕思慕
厚重成一叠浓浓的屏障
压住我因你微颤的心房
我心惶惑
我心独伤

三

我曾经时时刻刻将你等待

期盼你把我伤感的痴恋化开
而你却在芬芳的路上徘徊又徘徊
默然无视我心的无奈

我几经沉浮的心绪被脆弱得感伤
在心中一次又一次地彷徨
单是为了爱这算不上辉煌
只要心心相通何须相依相傍

不能想象
愁绪的忧伤走向成熟的道路有多漫长
不是不能放弃爱
怕只怕
卸落爱的氛围后心是否能够忘怀

我已无法将我直视的目光收藏回来
也不愿在爱情的路上期期艾艾
失去你的爱也许我会被爱神战败
但仍然衷心地让心情去守候另一个等待

失去的会不会再来
关键是心的裂痕能否用泪水的焊接
使爱呈现一种凄迷浪漫的色彩

四

不曾怀疑爱　但常被爱伤害

多少心的期待　失落后不再回来

如果怀疑爱　就不该四处徘徊
到处都一样的冷　受伤也无奈

不敢抛弃爱　因为爱需要等待
昙花一现虽可爱　可惜好梦难再

如果抛弃爱　就得关闭心怀
就像浮萍的羽毛　将为谁的诱惑跪拜

为爱
执着也不该　迷惑更不该
爱应该怎样才……

思念的声音（致 XH）

时间的空虚
像一只黝黑的飞鸟
不断地翼剪我蓝色寂寞的思绪

你暖色的娇柔
是一抹亮丽灼眼的飞霞
使一切喧闹的繁华
都黯然失色

最是那怦然心悸的感动
不断地在记忆深处一遍遍地翻阅
那些动人的细节和
曾经被遗忘的落寞

就这样让心潮澎湃不息
永远是在刺探你春天的音讯
也许一生也不能重回处子的平静
自从我有缘和你相遇
在那鹅黄朦胧的秋季

自从我与你邂逅般的相遇
我干涸空旷的情感便丰满了起来
一如那颗沐浴不止的启明星
有了一种上升飞翔的动力

和煦的金色春风里
抽丝的不仅是绿色
还有思念　这五彩的梦
在静默的土壤里
不停地蠕动
一种梦幻仙境的神秘

那一缕缕细腻的春雨哦
是一枚枚娇媚飘逸的仙女
最似一串串红色的火焰

无时不在地蛊惑我热烈的想象
让生命去燃烧
不再青春的激情

当花儿开出思念的芬芳
那双甜蜜的眼睑
就是我最初思念的声音

失之交臂的遗憾

——致 GQ

多少个辗转反侧的夜晚
让我无数次点燃相思之火
一如大漠中珍贵的雪莲
让我只能谦卑地仰视

令人怦动的你那娇柔的身体
也许是流行的丰满
在不断充盈着我绝望的期盼
在希冀中走向无奈

心常常向往的那一种幸福
正悄然从我盈泪的眼角
风一样飘逝

而令人痛心的隔膜
正荒草一样疯长

在这满充希望的季节
春风也许度过
在心的涟漪深处
是谁在一次次蛊惑着我
远行的放歌

我疲惫的裸足
已找不到家园的方向
我高一声低一声苍白的吟唱
在蓬勃着我生动的遐想

我孑然的身影
在悲怆的夕阳中划下无力的诗行
贪恋那一份余晖的温暖
是我心寒的奢求

让我在这万物生长的春天
生动成一枚苦涩的青果
在你记忆的深处
让他膨胀放大
我的错失

风起处
泪纷纷花儿一样坠落

让漫漫的长夜延续我孤独的梦

在沉沉的深夜
我感觉一层棉被的温度
暖不热我的心

在孤独的梦里
寒冷是唯一的主题
偶尔被它唤醒
我抬头望望窗外三九的月光

我蜷缩成一条僵虫
任思绪像坟茔外的绿草
抽丝地疯长

让忧伤为我编织一层丝茧
团紧我僵直的命运
我伸展的四肢被束缚
我像一条等待屠宰的鱼
面对冬天

窗外呼呼而号的是谁的呼喊
我只能冷漠地
穴压了心里的激动
静听
月升　月落

请回复我，玫瑰

玫瑰　我最喜欢给你写信了
因为一旦铺开信纸
你就站在了我的对面
像美丽的鸟雀剥开我玉米的外表
钟情地看我
向你袒露一怀的真诚
然后让你一颗颗
叼食我满腔的思念
与忧伤

我就这么裸伤着心灵
等待着你的身影
日日痊愈我孤独的目光

玫瑰呀　幽香沁人的玫瑰
这世上或许只有我最喜欢给你写信了
我将自己肢解
像贩卖黑奴一样将我一部分
一部分地投寄向你
如今我已失去头颅
被你占据的地盘向深层渗透

而那时
我成了你手中的花

羽化成你头顶的饰物
与你同呼吸

我苦苦追求的
你的爱
一如无边沙漠里
我渴望至极的
水

救救我吧

轻轻地我听见有人在唱

夜成功地穿越许多人梦境
黑的颜色充满阴郁
我轻轻地被夜莺的嗓子惊起

轻轻地　我听见歌声
浪漫地穿过空间
向我的内心辐射
歌调肃穆而婉转
（想必她站立一定很正规
手掌放在第二个纽扣处）

谁在婉转地唱

唱太阳唱月亮唱春天唱爱情
唱梦幻唱理想唱心上人唱流行风气
真挚而出自心房

有萤火之光拨划一道亮痕
我侧起思绪
低声附唱
夜声静寂空中流淌一种神秘

我跟着一个心灵
恍惚走过空草地

你的占据是一种幸福的记忆

当夜幕以思念的名义
将我的忧郁笼罩
在淡淡的黯然里
我深深浅浅的铭刻
就像脚印一样
在暮霭四合的空巷
无法弥漫

对你的依恋
像心头的一碑岩石
湮压着我粗鲁的喘息

让我的心情无法解脱
让我的牵挂无法转挪
让我的爱恋无法割舍

就像一汪浅浅的水镜
倒映在心里的
全是你红扑的脸庞
和你眼睛说出的
痴情

你知道我在等你吗

我默默无言的
在你必经的路上
彳亍前行

仔细倾听你的步音
惊喜地揣摩你的呼吸
我不敢回过头
猛喊　爱你
我怕你会惊慌而逃

慢慢地　我行走着
等你追上了我　超过了我

当你的背影已深深地刺痛我的情感时
我会低声地呼唤
你含泪的芳名

而那一刻
我相信你敏感的心
定会为我所动　潸然泪下
你一定会感觉到
在我心底
我是怎样深深地
深深地痴爱着你

女人的长发

女人的长发是一部历史
所有的男人都想去一页页
一根根地检阅

女人的长发是一条长河
所有的男人都想跳进去
尽情地沐浴

女人的长发是一种意境
所有的男人都想做个好画家
描绘她的温柔

女人的长发是一杯杯牛奶
所有的男人都想喝着它
享受爱的甜蜜

明月对清风竹影的吟唱

风的心里生长着出淤泥而不染的浅竹
清澈的竹影啊
将我的奢望沉坠

我邀约一轮明月和着窄窄的扁舟
在月影下采撷你恣意挥洒的饱满的诗句
——把你的心绪一饮而尽
于是我把自己醉吟在风的怀里
任由地久天长　地老天荒

而你撩人的眼眸和散乱的长发
蛊惑我本不平静的心旌
使我汹涌的情感失却了永恒的堤岸
于是你的心海有了片片白帆
于是我的夜晚一派星光烂漫

当竹的纯澈逶润我干涸的心房
我就将跪拜在你的面前

诵唱你永恒绝美的气节
让爱去陪伴你
在西安大唐

铭心的错恋（二首）

一

在最初的萌动和最后的结局中
语言丧失了张力
文字失却了形状
隐现一种诡秘的浮躁

是谁葱嫩的十指
在诱饵的蛊惑下一次次
拨响我心的律动
那一轮月牙的蒙着的双眼
是我梦中最疼的焦点

在情感的漩涡中
我不是无浆的船　我是一个小水族
在水的撕裂和鱼类的吞噬中
我展开梦想的网
捕捞你美丽冷峻的足音

你默声的无情
阻隔一切的断想与诗章
斜倚在记忆深处的
是一株潺崖上的灵芝
让人目眩至心疼

二

我情感的驿桥
遥深而且细长
不知能否进驻你的心里
如果你的心扉还未曾锈落的话

你明亮的眸子
定格着某一条深刻的视线
五彩缤纷的光环
喧哗着寂静的空谷

你似乎无漠的独立
手掌是你的层层台阶
没有指南针的引导
我们找不到登岸的埠头

在蓝天烘白云海水共天色的日子
人心阴悒
像一只生翅的凤凰
有一个愿望在心里飞动

我在衷心地等待
放飞的响箭

聆听的心绪

——美的，才会成为我语言描述的对象

一

你清脆的珠玑
击响谁沉寂的玉盘
银光划破
无边的沉闷
让心情闪烁起来

让心情闪烁起来
我们开始揣度这泉水
来自的方向
在那看不见的大漠尽头
隐约飘来兰芝的
馨香

二

风过处
心上的涟漪在扩散

同心圆的触手
越过更多的高楼和云层
我们回眸
向那震颤发出的角落

三

一切消失了
心弦仍在探索
遗留在空间的共鸣

那静静的回味
不曾像失事的飞机
轰然坠下
而是想象的基因在复制
任何一个未曾放过的
细节
与背景
在清晰着
一种隐伤

聆听的思绪

聆听你清脆的声音
就像夜莺的歌喉滑破黑夜黛色的沉闷

让人心情晴朗起来

让人心情晴朗起来
于是你晶莹的珠玑便叮叮当当
敲响我静谧的玉盘
于是　风儿便利船般
掀开我情感波浪的缺口
像海鸥盘旋在我的枝头

浮想联翩的心
让云儿失去光滑漂浮的轨道
让鸟儿停顿美丽的翅膀的翕动
让春天的绿色加速生命的膨胀
让热情的风筝在心坎的高空
谱写最绚丽的飞翔

让我不断咀嚼对你甜蜜的牵扯
防止她酝酿的佳酿
将我致命的沉醉

尽管我因你受伤，但我还是希望到达你的身旁，接受你最后一次残酷的温柔：不是眼泪

我是一匹受伤的马
沉重地拖着自己的影子
悲怆的泪哽咽了喉咙
叫声嘶哑而沉闷

我夹着美丽的尾巴
在沙漠上践踏出一朵朵金色的鲜花
受伤的心疼痛得使人悸惊往事
我不愿就此躺下成为永恒的
白色的风景

往日里飘逸的长鬃不能潇洒抹飞
耳畔风的惊呼也忽然消逝
我步伐蹒跚在思索的路上
难道脚下真是我认识了一生的沙漠吗？

太阳无情地将我的影子涂成一块黑斑
我似乎可以看见自己条条清晰的瘦骨
我这时猛然感到冷
彻骨的尖锐
我又突然试觉自己的腿支撑不了这颗
顽强的心

就是倒下
也一定让我支撑到下一个黎明
让晨曦初染的血色
成为我最后悲壮的背景吧

风啊
莫将我的姿势吹动

结局是一种绝望的境地

你拒绝的声音是寒冷的刀光割断我的眼
我血管破裂遍地涂染　没有谁能认清我的脸
我痴呆的身体遗忘了行走下身也瘫痪
哦　我这才明白难道这就是我最后的期盼

我真不明白你以前老是那么无动于衷
你听取我的呼声吞食我的情感声色不动
而我仍悲伤地追求你浩渺的爱情
结局是你藏了光明的灯　我跌入失败的陷阱

我正义的讨伐之声揉了风和了雨冲锋向你
我要像猎手一样掏出你的冷心比一比
是什么让她成了冷人石化不开误人入迷
而枪声响起时伤心的是我离去的是你

荒诞主义形容爱情（组诗六章）

一、我找不到登天的云梯，使青春老去

找不着你的脸庞
只知道空中的星星是你冷漠的眼睛
浮云的潇洒是你轻抚的手臂
为我拂去泪儿的风
是你呼吸的震动

河流是你滔滔的语言
雨儿是你激动的情感
我不知
草木是否是你的思念
我的愿望是伐木嫁苞截留你
不老的容颜

我愿意墨黑着双手
为你覆盖你白日里谁留的
吻章
成为沉重的一击掌痕
以至于使我
慨天长叹
我找不到通天的梯口
伸展向那个方位的
小路

二、黑暗袭击丘比特之剑

我的唇里排满了霜冷的剑
我惯用的守旧的剑
不愿意射中你的双眼
站着瞭望
你动人的娇艳

你黑漆的狂风
迷失了我的方向
我找不着光亮
尽管我的心在黑夜的悸动里
黯然发光

我失去温暖自己的立场
未曾使你因爱而受伤

三、我形瘦身寒地追求炽热的爱情

我漆黑消瘦的枝桠
尖利地伸向天空
笔直的手很油然的
祈求你的爱抚

你沉默的神态使我退缩
我无力地
勾握成拳状
向你的压力形成巨大的

问号

我没有贡献你的果子
任心绪飘飞成小鸟
在我的心里刺探秘密
然后浩翔在你的脸庞
告诉你我幽怨的哀伤

我期望火
电光一样撕啮我焚烧我
我在火激动地幸福里
为挽结一个温馨的蕾
而更生一次

四、我愿成为美丽的琥珀，把我锻造成
你心中永恒的悲伤

我深潭的内涵
蕴藏的尽是你的档案
我敞开着心怀
看你冷眼的照我

我慢慢地干涸
只因你幽怨无语的执着
让心事游走成鱼
繁衍我的消息
记忆我的名字

就是天翻地覆变成化石
它们也能用琥珀的眼泪
诉说我的痴心

我的梦本已忧伤
不要轻易地慨叹我的美丽
琥珀的梦境甜蜜
你细巧的手指无意的玩弄
只会使它破裂
成为永世难复的
情孽

含在嘴里
拒绝我灵魂的结晶
让它沉淀进你的心里
结一层痂
掩盖你伤痕疼痛的
心

五、我走进博物馆的橱窗，为后代照亮
爱情的苍茫

我感觉到
在我追袭爱情的路上
站满了阴冷的危崖险谷
它们的无声使人莫名的惊悚

山的冷峻傲然屹立
谷的寒风锻打我寻求温暖的勇气
我匍匐着
从地平线
超越你的目标

只要你不改变站立的方向
我总会沿着你的纽扣
贴上你润肤的脸膛
让风干燥我的躯体
把我的精神作为
亘古追求爱情的事例
向下一代
进行完美主义爱情主义个人英雄主义的
教育

六、麻雀的祈祷是我最后的墓铭

我是一只灰色灵魂的麻雀
不停地叽喳着别人的成功
梦想叼食别人艳红的果
人家用话语的棍
伤得我血痕累累
只在逃亡的途中
瞭望所谓的爱情

为了生命的辉煌

虚度了一生的我
还要声称
悲惨的啊
我失却爱情追求爱情
却被爱情冷落的一生！

感激你幸福的赐予

我真诚地感激你的赐予
让我的语言充满活力
在静谧无言的孤独里
我真不知该怎样去排遣
这太多的失意

让心灵不再漂泊在时空之外
让目光不再无穿越的失散
让心房不再无端的震颤
让我蠢笨的身躯
不再将珍贵的空间
肆意地侵占

缘于情感的无归
我的思维无所依附
一如百灵美妙的歌声
没有可以表演的歌喉

在凌乱的话语里
我放飞纯洁的云彩
让我因你而生无限的期盼
去等待一个个更新的明天

谢了你的情感
让我不再被世界欺凌
而失却一片阳光的赞叹

风流逝水

一

我情感的风
没有方向
是一个幼稚贪吃的野男孩

如果　如果你呢喃的细语
曾如雷般映射我心
我会让风就你的枝头停留
筑巢
同你共享那一份静谧的温馨

我守候你的果子

让它在我的吹拂下删去虚伪和谎言
蒂落成心中永生期盼的那一种
爱

二

我涓涓的情感
从杜鹃啼血的巢中发散
漫涌四周

如果你伸展成爱的堤岸
拦住我的逝水
不至于爱的音讯遗失太久
杳无音信
那我就将跪拜在你的怀里
祈祷我永恒绝美的
爱情

三

我那漆黑光亮的横笛
有七种情感
它是我的发言人

当寂寞成为我唯一的感觉
当夜幕亲吻我痴情的心扉
当孤独为我精确的定义时
呵　我亲爱的

你可否听见
我那独特的爱的宣言

我把横笛训练已久
让它端对你的窗口
我终生的祈求
就是让你抓住了我的消息
无怨无悔地走向我
燃烧的火炬

四

我知道
我日夜追求的那种爱
在时刻窥探我的眼睑

我已敞开胸膛
等待着那轻快的弦引
载着我那亲爱的
喋血地将我的思念
射中

风铃敲响的是一串思念

你的占据是一种幸福的记忆
在我心底

以天使般纯洁的名义
你无情地将我的心田割据
让我的心坎之间从此有了
铭心的思念
泪水的排遣
情愫的渲染

更多的是你温情的一片
让我的眼光温馨起来
在熙攘的人群中剔取你的相似
将她一串串地珍藏
等东风吹过你串缀的风铃
在酒香里缀饮你的缠绵
也许在一生中
是我不可苛求的
奢宴

我爱，所以我追求

美丽的　才会成为我语言的
对象

一

你黛色的眉毛
是一柄黑色的剑

抹我一片殷色的伤痛
我被划伤的心灵
在呼唤着抚慰

二

你有天才语言的眼睛
赋予了这种表述

我心房的屏幕上
只在无数次放大着
你的语言

三

你白皙的肌肤
和棕色的头发
是两张花朵的脸庞
于人以恣爱的劝说
我一饮而尽
让你的形象成为
我的

四

而你的裙裾
飘舞成我语言的阻挡
我走在时间之外
思索着如何以爱的

形象
在你的心上开成飓风

风吹来的时候我在和你交谈

风铃敲响的是一串思念
寂寞的伤感已经被你
疯长的意势侵占

在会制造氛围的月娘下
回忆你星星点点的萤火
我的夜就明朗了起来

不再将自己失落在爱的荒原
不再苛求苦苦祈祷的衷恋
当心里最深的柔软
被刺响的那一时刻
穿过的不是丘比特长箭啊
那是一生也不能痂结的渴盼

让爱放大了燎原的力度
慢慢蚕食我远行的赤足
让我瘫倒在你的妩媚一片
蜷缩成一塑深情的守望
将一切爱的谎言
无情地洞穿

致　茜

一千多个日子
有我一千多个梦

一

自你遗失我的那天起
我走进迷茫的草地
我孤独的呼声
在苍茫的夜色
或是在风中　在雨中
无异于一直失群的
瘦骨嶙峋的野狼的
呼吸

二

我躺在烂泥上做
蓝色的梦看褐色电影
我透过朦胧的风沙
看不到你的音讯
我望断七月的流火
可炽热的心
只能使你的形象
更趋于若无

如今我将面临你的
对岸
但不知你的语言
是否已堆成了将要
燃烧的篝火

让你看不透我的伤感

在时光的浅影里等待你摇曳的风情
朦胧一片模糊难言的情愫
在梦里和梦外的空间
我不知晓已有过多少次忠诚的感动

在貌似忙碌于激情的不夜之城
暗暗涌动着多少无泪的伤悲
在不愠不火的季节之间
不知无望的等待是否会孕育出喜悦的守候

秋风和明月曾经极力渲染过的那一片空蒙的雨季
让我多少荒诞不经的呓语陨星般失落
在语言抚慰不至的心里
为什么除了希冀还总有一丝丝动人的甜蜜

心绪怦然悸动的那一瞬间
我只能静如处子

一任无法尘封的岁月
恍惚老去

在喧嚣攒动的茶肆里
空虚在不断肆虐地噬咬我魂灵的饥饿
我无法掩饰自己的苍白与颓废
只能用酒那冰冷而激情的语言将无奈的蠢动湮压

埋藏在无人知晓角落的设计画卷呵
早已褪尽了她绚丽的铅华
让无孔不入蚀黄的侵袭
我的乏力竟然是那样的不堪一击

在漫漫赤足前行的路上
有我太多的过错和失落
我疲惫的腐足
让我不得不停驻于浮华的表象
让我把未曾滴落的泪风干成痛楚的一串
让岁月的风铃去咀嚼辛酸
让你看不透我的伤感

当夜幕以思念的名义

当夜幕以思念的名义
向你表达我零落的眷恋

我知道你可以拒绝风儿窜进心里
但你无法抵抗夜的侵袭

连通的仅仅只是一种形式
了却不了丝丝屡屡的牵挂
我们的伤感无处逃遁
一如星星和月亮直白的对话
蓝天一样明亮和坦然

你那一片黛色的凝望
使一切的形容词失去了比喻的力量
在无边荒漠的深处
你存留着最初的爱的汪洋
让我的痴情泛滥般的流浪

就让清晨晶莹的露珠
代表我彻底甜蜜的回味
一任滂沱的凄零
将我的前程肆意地涂抹

当你的背影模糊了我的视线

当你的背影模糊了我的视线
我承认自己已无法走出伤感

而最初的起因
是你的形象被一次次切换
在无限次增大的光圈中
我的眼睑全被你的气息写满
于是　春天便不在喧嚣季节之外的优伶

被割裂成条絮状的思绪
在一次次尝试无法想象和追望的饱满
在长巷的尽头
你的粉色衣裳竟然被一条不知名的裙裾遮挡
于是　小巷便黑暗在我蓝色的郁闷里
阳光炫目而轻狂

你一步步地走下相机
走到我荒芜长久的心底
将甜蜜的液汁泼洒在我的前程上
我七彩斑驳的蝴蝶便歌唱在
蔚蓝的浪尖

风就那么没有预期地吹了过来
抚乱了你一个春季酝酿的思绪
你像拂去杂言一样拂去疲惫
于是月光便老了
于是你的温柔便拱生在 2008 年的初夏

当花儿开出思念的芬芳
那些算不上经史之类的遗忘

便纷沓前来
蛊惑我一次次远行的渴望

你就那么静寂在月影上
像木棉花一样沉寂而冷漠
对这个世界悄无声息地绽放
在消逝的时光里
你滴落那些永恒的期望

当我无力地向你招摇
我知道邂逅只是一种莫名的借口
在无法不转身的一刹那
泪水便飘洒成梅雨的讯息

当你的背影渐渐淡出我的视线
我知道一生也不能卸下一些情感
就像月亮
永恒地围绕着太阳
旋转

穿粉红色长衫的女孩

把粉色的吻挂起
让我们以清纯开始

一

穿粉红色长衫包裹到素腿的女孩
下摆微微收紧
兜着少女粉色的秘密

少女二十岁的脸
光滑的平面玻璃清俊洁雅
细密的睫毛和绒绒的纤丝
像太阳的光线
使人眼睛很受伤

玻璃里面是正月十五的灯
吉祥的光映照出花的苍劲
会歌唱小调泾渭分明的眸子
在咏唱春水

穿粉红色长衫的女孩
长长地飘过黑色的火焰
仙鹤的白藕
高弹裤的语言还有什么该补充的呢
前额扎着两片彩巾的鞋船
常在男孩的梦中漂泊

穿粉红色长衫的女孩
把帽子垂在脑后
注目的沉负使得她

把头深深地俯下来

二

穿粉红色长衫的女孩
是淑女中的长颈鹤
女娃的慢三步
使背影灰白

女孩的巧克力话语
香香的不用垂钓
女孩的语言很高价
字字闪烁
女孩沉思的那一刻
罗丹的一声惊呼
使女孩有点寒冷

女娃用七月的桃子
装饰自己的姿容
那缥缈的乡音
磁化了多少男孩的心

女孩
把春风中的柔柳描绘得
使任何修辞都失去功能
女孩是长在路边的常青
被追逐的人濯洗的

任何细节都成了金科玉律

三

女孩身旁老下伤感的雪
她清秀的字体挡不住
风里的话

她沉默了
走进死胡同
再没有人给她搬来梯子
让她高升

穿粉红色长衫的女孩雕刻成故事
印在胡同的额头
那粉色的过去
流传在飘落的
风里

爱的历史（外一首）

一

我夜夜的相思
凝成清晨奉献给你的
心链

这已是我的一切

你无视的走开
从不驻足
甚至连方向也未曾改变

我等待
因为太阳的无情
会使你裸露的粉颈
感到有必要回来

二

而此刻
我的期待
已在风儿的嘲讽下
慢慢地散落
你回转过来
发现一切早已不复存在

我的坟茔
是一缕纯洁的爱

三

我的鲜花
季季败了再开

我等待有一天倘若碰见你
你还是可以认出我来

那时的我
是世界的自豪
我绽辐　我喷薄
爱的最高宣言

四

我凋零的语言
不是爱的最后
爱的悲剧
是无意的失落

五

重新孕育的爱
在不断进化

但远古以前的我
不会远远走开
占据爱情某一编码的
是我的荣衰

过　错

从那一刻
我知道自己开始贬值
像破裂的坚果
再也没有喷爆的机遇

我的目光
从第七层开始滑落
我看见整个宇宙
都落在我的脚上

我无法再吱濡着那句话
一任你满脸的惊讶
与疑惑
将我刺穿

一切挽救的语言
都逃逸地散失殆尽
我瞠目着
听见自己的鼓点
在沉寂的房间里
轰鸣

不成功的爱恋老让人怀念

人生一世爱的铭心不会仅有一次
有缘无缘的爱恋都会成为浪漫史

成功的爱恋爱人就在身边
错失的痴情老让人怀念

只因为不能了结那份甜蜜的企愿
远走的依人的旧时女友的语言
使人回想起来是一种酸楚的遗憾

叹息那年的日月太酷太寒
面对往昔的记忆无力慨叹
想念所路遇的女友的情感
一生一世也不会使心绪好转

不成功的爱恋使人怀念
真想推走妻子让过去回到身边
重温昨日的温馨了却苦苦的思念
让囚禁的心不再等待明天

不成功的爱恋老让人怀念
持续这一梦境将会永远永远
不成功的爱恋老让人怀念
让人伸入梦深处将失落的补全

不成功的爱恋老让人怀念
不成功的爱恋老让人怀念

不相信爱情与其他无关

不相信爱情与其他无关
这是我唯一的关于爱的宣言

我伶俐的爱情之雨
滋润过许多爱的芳草地
可仅凭俏丽的外表
没有金钱的那一种叮当声
我的感情失去了所有的河堤
至此流泻的杳无信息

我追求着真善美
我淌过无尽的泪水
总无人关切地问我
行的是否孤独是否感觉很累
我真后悔
当初为何就那么轻易地
相信爱是那么圣洁甜美

我最终以细细的皱纹

初已斑白的汗颜
再次震呼
不相信爱情与其他无关

爱是一辆固执的车不肯改变方向

我执着的眼睛
因你而固定了路标
迷失了所有的方向
我请求你
挽救我于混沌的思念

我的足已固执地认定了角度
向你沉默的蕾昂首
我相信你绽开的芬芳
足以使它醉倒在路旁

我的手向你探索
企图把握你爱的脉搏
你可莫要轻易躲过
否则我落下人生的悬崖
将所有的信仰
以行星的轨迹
陨落

我跪拜在神前，请求你的允诺
（组诗四首）

一、在天门的台阶，我看见雪地里我们亲吻的影子

在天门的台阶
海盗为我传播
爱情
我看见雪
以蓝色的火焰
燃烧少女的灵魂

阳光
再次将我融合
明媚我新娘的名字
我含泪灼呼

而你的裙裾
雾一样缥缈你的秘密
你星光的剑
照彻我浊泪的脸
我举起焦灼的唇
为爱欢唱

二、我为你哭泣风景

血滴
沿着心的峡谷滑落
刺破夜的寂静
渗入我的窗户
躲藏哭泣

我的脸变成青色
蚕茧的薄纸遮挡眼光
我看见你雷声的娇叱
点燃我的港湾

而我爱的扁舟
在你涨红的黄昏里
翩然而去
抹成遥远的
忧伤

三、流浪的心没有方向

我袒露的笔
把我的心刺穿
扎在纸上
站成苍然的展室
让你攀登

在所有的楼口及窗口

你看到的将是满目的
我的眼睛和呼唤

头顶的云
为我摩擦燃烧的欲望
倾盆而下的泪
把我漂流何方

四、我祈求爱神，钟情于我的皈依

我所有的仙鹤
仰首期盼你的来临
飞越那高渺的空
洞穿冷酷的雾
让阳光刺破黑色的叶障
让欢乐的小鸟带着情人
给我送来安详

我静听着
心弦震响的清脆
我的手
重重地握着红玉的心
为你做一次
辉煌的开放

伤心爱恋

也曾知道　你在身边
只是不敢　说出爱恋
也曾知道　你要走远
只是不愿　表露伤感

只在寂寞的夜里
一个人失眠
想你如水的眼睛
一遍一遍
只在落雨的黄昏
一个人举伞
默念你蜜甜的名字
一天一天

是不是只有失去才知怀念
用伤心去编织明天
让我面对蓝天渴望流连
背影里你的随和与自然
让我无力承担
我们曾拥有的那段日子
静悄悄早已走远

别了，baby
既然无缘　无须伤感

道声珍重　潇洒别离
纵然我心已碎
仍要向前

知心爱恋

也曾知晓　我很自满
只是因为　你在身边
也曾知晓　我的锦绣
均是因你　燃得璀璨

常在明月的夜里
在心里赞叹
想你黄金的心灵
一遍一遍
常在落雨的傍晚
依偎着红伞
低声传导着情感
一段一段

是不是只有得到才知喜欢
用行动来感谢你的爱恋
让我面对蓝天不再流连
阳光下你的美丽与坦然
充实我的双肩

我们拥有的日子
一生也不会伤感

来吧，girl
人生相逢　实乃有缘
与我共勉　从容相伴
纵然我已幸福
仍要向前

追寻失去的美丽

我没有忘记你的姓名
不幸的是遗失了爱情的密码

初衷的言语雨一样
尖利地滚过我
余温未烬的胸膛
我很恐慌地向来路张望
是否有人在不断地刺探
我滴血的忧伤
那么是什么呢？

我一直想痛哭一场
也许只是一种假象
而我所钟情的女孩

却去了八月的风中
徜徉在心中的只是
一首　遥远的沉重的
古风民歌
在响

阳光让明天更美好

——致 LY

你阳光灿烂暖色的微笑
让荫翳泣泪的连绵岁月
从此也清新感动起来

你忻长骨感的身影
投放在我心田的倒影
心事一片涟漪
让我疲惫无力的放目不再孤寂无依

你飘逸黑线的秀发
似一串晶莹透明的闪电
把我正亲切澈彻的击穿
我看到各种粉色的机遇
正如一场场不经意的邂逅
正纷纷前来

一如朝拜的仙蝶
追寻着幸福的蕾　盘旋飞舞

你那洞穿忧郁的炯然眸子
像一丛丛燃烧的火焰
把我枯萎的心灵瞬时点燃
我徜徉在无边的紫色的幸福里
心情一片碎银的啁啾

最是你那纤纤素手
在一次次撩动我静谧的心弦
让心在旷野上狂奔
一如囚禁已久的圈马
一如无缰的狂风

久雨
潮湿蔓延的情愫感染了心绪
郁闷像荒草一样占据无期的田野
只有你微笑的阳光和燃烧的眸子
才会打破阴冷迂回的梅雨
让明天更美好
让前程更似锦

最后的爱

一

你的无言
在我叹息之前就注定了
悲剧的开始

你的霜冻
扼杀我花苞的幸福

你的衣袖
带走我的四季
我颓立
上演一幕幕哑剧

我不知
北风是否再起
你曳地的长裙
我得送你回去

二

你也曾默默地叹息
眼眸描述过那种失意
但使你绝望的勇气
我不知缘何而起

在我眼里　世界
已不存在任何秘密和
吸引力

三

你柔媚的笑容
很成功地谋就一次反叛
我的张力
已超越彼此的领域

我静下来
发现你仍在微微地喘息
我回过头去
你也并没有哭泣

我才发现
我遗失了自己

四

我着急于找不到自己
我的心飘零无可所寄

我没有日记
去查一查粉红的记忆
我痴迷

只源于爱的神秘

五

我手擎荷花在时间之外
已等了几千年
你却伫立于太古的遥远
无言得静如处子
你不肯上座
坐成我心中的佛祖

我捧一束菊花引诱你
你却品味不到这种秋意
失意姗姗的心没有痛苦
我只能造就心的埋伏

我咀嚼一片兰竹叶
心中的话语失落在
谁的梦里

你的轻言侬语将我致命地倾倒

你盈盈如风的身影
是一阕丰满参差的宋词
错落有致

让我无尽地深刻地阅读
就此停驻下来

那弯弯的两柄黛眉
是两叶清清曲曲的水域
将我郁郁葱葱的思念沉没

你金色无息的微笑
像蒙娜丽莎脸上那缕灿烂的阳光
在我的心房上开放成桃花的三月
于是　心情就开始甜蜜地啁啾
春天的旋律咏叹调

你婀娜的身姿
是五月细长欢快的柔荑
在浅浅的女墙里伸展枝丫
蛊惑我无的地放目
就像没有方向的航行
顿然明晰了前进的线索

你细碎如戏曲的话语
像一群贪食的燕子
不停地在我心房的栅栏里
叨食黄金的谷粒
那是我幸福快乐的稻田啊
没有一丝的荒芜

你彩色外套的轻言侬语
似一道黑色的闪电
将我蓝色的倾倒击穿
心海一片幽深的苍茫

那飘扬的一串金铃
是一抹红色的浮云
让我想象地飞翔
穿越不过那层浅浅淡淡的
暮霭

让我远行的足踝停驻下来
跪拜你的美不胜收的
春的画卷

你站在音符的云端俯视
生活的灿烂

——致 LY

你轻盈的舞姿
是琴键上一个个徐徐下落的指尖
将我平静如水的心弦狷狂的奏响
金色下
旋律漫浸出太阳灿烂的馨香

你纤素的细足
似仙鹤盈盈地伫立
擎一束荷花的莲叶
是你轻昵的步裙渲染的一片
粉橙

风就舒缓地吹了过来

棕黄的飘发
是一束束怒放的秋菊
将冬天的辽阔草原激情地点燃
而那旷野的乐章
风传你迷媚的影子
心情便被定格了在
温度的喜悦

最是你那善言的眸子
在无尽地蛊惑着我丰满的想象
那一颦　那一顾盼
时间便被击落在那醉倒的一瞬
我看见各种颜色的花儿
开始在心旌萌芽

让我收藏起激动的向往
向梦深处播撒一片希冀的种子
我转回身
装作如无其事的

将周身的困倦
一圈圈地摇散

致高大冷艳的果果

——登机前致辞

活泼的内心深处
蕴藏着太多矜持的高傲
和硕大无朋的不屑

冷目的顾盼之下
跌落了多少热切的等待
美　原来与漠然高拒的排迫
并不般配

从潺岩高处落下的馨香
本来是灵芝最淳朴的语言
在些小了无缥缈的不经意间
那惊心的一瞥
造就了这种旷世的罹难

让我一泻千里无尽的思念
从此失却了一泻千里固若金汤的堤岸
让滔滔不绝的悬河

零落一片的飞絮
是我满目的寂寞和伤感

最是那在河之洲的纤手
不停地舞动柔夷的轻笑
让心如死灰的守望
一次次复燃出对一地皎洁的
奢望

心海里原来固有的印版
在一次次扫描的细微均匀的呼吸
让一并苍老的时日和阳光
无忆地把你故作遗忘地珍藏

小的并不是没有力量
媚眼也不曾力矩如光
我只有故作陌如路人
爱上谁无心有意地轻诺
你觉得轻佻的浅薄
如同若有若无的心跳
肆无忌惮地暴露你内刊的秘密

落地请开机
你不要飘飞成圣洁絮飞的仙子
让我一望无际的张扬
无法收获丰硕的失落

致以敬礼的绝色背影

你粉色的背影
似一道黑色的闪电
将我蓝色的思念击穿
心海一片苍茫

那飘扬的纱巾
是一抹紫色的浮云
让我想象的飞翔
穿越不过那层浅浅淡淡的
暮霭

你盈盈的步履
是一阕丰满的宋词
错落有致
让我无尽地深刻地阅读
就此停驻下来

你金色的微笑
像灿烂的阳光一样
在我的心上开放成桃花的三月
于是心情就开始啁啾
春天的咏叹调

你细碎如戏曲的话语

像一群贪食的燕子
不停地在我心房的原野叼食谷粒
那是幸福快乐的稻田啊
没有一丝的荒芜

那弯弯的两柄黛眉
是一汪漂亮的曲镰
将我郁郁葱葱的想象收割
用你黑色的发束捆扎
奔腾成原野上驰骋的骏马
让我去放逐
内心最苍老的粗犷独白
就像你绝色的背影一样
朦胧绝美

我要把你天仙般歌唱

——致 LN

你无以复加的美艳
季节的风一样气势不凡的
零落了我多少永世的期盼
你的明目一顾
让我从此以后的梦境
不再有超过其他音阶的符号

你吹纸可破近乎透明的肌肤
似一面彩色饰面的曲镜
并赋予我们腼腆嗔怒的绯红

那灵燕凌空而飞的歌声
是一串灵芝的奇香沁人心脾
让所有的甜美从此逊色于我对你的想象

你飘逸成响箭一样飞扬的裙裾
是春天那满山的绿草和丛林
让我的有关一切花朵的想象
便在音乐的包围下开放成
一朵悸心的期盼

第三辑

四季赞歌

Si Ji Zan Ge

这一天是春节

鞭炮声声震人心
红灯盏盏映欢颜

小孩子着上新外表
赤红着鼻子
追逐喜悦

多少人在欢愉中回首凝思
辞旧迎新

红艳艳的对联
滚烫烫的祝愿
人们跨进一道门槛
团桌而席
吃一顿香喷喷的饺子
就算过了新年

在农村　这一天
人们不会叫春节
叫　过　年

在春天的那一端

在春天的那一端
迎春花也许还正在蓬勃开放
玫瑰那浅红的荷包
也在枝头肆意地迎风招摇
不曾泯灭的那份怀春的梦
也开始春水一样向季节的深处
荡漾

在春天的那一端
厄运已被寒冬无情的杀手轻易埋藏
那充满明朗的歌喉
也将向即将复苏的世界歌唱

在春天的那一端
心的萌动也开始春潮上涨
那些发不出响声的阳光
正在将各种矜持的蕾规劝上场
春风春雨里
我们仍会着色绿衣裳

在春天的那一端
是我怦然悸动的心的花房
在明媚的春光里即将绽放
在春天的那一端

有我寄予厚望的风筝
如同疯长的青草的语言
在浅草葱白的纤手上伸长
朦胧的希望

守望春天

三十步之外
你遥远的馨香
在向季节的深处张望
月桂树下
你几近透明的脸庞
在明澈着一种深刻的希冀

八 十二或者一百
是你永恒的完美与吉祥数
在明月极力描述的那苍茫的故乡
有你深深的根和亲昵的乳名

春风吹过叶片
喧响给你一片衷心的问候
泉水在咫尺之外
惹发谁一腔的情思和热忱

即使有零星的雨针

心情不用蓑笠或伞
守望者
在树立一种形象
歌咏春天

谁在等待春天的花开

是谁让为所欲为的春风
让我僵硬的内心丰盈起来
于是湿润的气息便席卷过一切的天空
让我广袤的思绪失却了寻觅的方向

我失去了苦苦寻觅的你的方向
即是用季节使者的名义也无能为力
因为你囚禁了最深翠的那一份绿茵
把她据为己有
成为自己最丰满的表象
于是春天就噤声了

风铃明明悬挂的是一串串希冀
可无时不在的总是敲响寂寞
是谁的手势就那样定格了一种痕迹
让远行的裸足
从此行走无力

像整理被细风蛊惑而凌乱的头发
让我把心路重新描画
春天来了
是生命　就得勇敢地向世界
开出心花

春　天

春天蹒跚走来
好像把谁衷心期待
那一路缠绵的爱
令多少心儿跪拜

春风拂过心房
让寂寞的人儿不再彷徨
在远行的路牌下
站满了多少期待的目光

春雨淅淅沥沥
透进干涸的伤口里
那一声声粗犷的呼喊
正走向我成功的雨季

春天像一个温和的姑娘
依偎在你的身旁

使你不由得挺直肩膀
充满爱的力量

春天的爱

桃花开的时候
春天正芬芳着恋情
那满目的花旗
是赠予谁的清香
映甜了谁粉红的脸
那潺潺的流水
正叮叮咚咚弹响谁的心弦

桃花开的时候
春天已孕育着爱情
那清脆的鸟语
是呼唤心的布谷
预示着谁丰收的果
希望在枝头蕴伏
等待绿色转红的炫目

桃花开的时候
爱正悠悠
情亦悠悠

春天来了

让冬末的情绪
渗过为爱湿润的心
轻轻地在心坎上留下脚印
走过的身影是那样迷人
常在清风的夜里勾人心魂

亲爱的
让心花在冬天开成一种
芬芳的境界
让我们干涸囚禁的心儿
去放逐踏青

春天赞歌

当牧笛流泻出的绿色
漫延过原野灰蒙蒙的胸膛
当那双白皙灵巧的素手
把第一束春的馨香送给爱人
当鸟鸣在枝头已鲜花般幽默地婉转开放时
我开始用笔触歌咏春天

我歌唱厚重凝练滋生万物的土地

让感情的藤蔓纠缠着一个个花蕾
我歌唱永远轻吟着信天游的小河
让追求的足步伸延到无限江流的遥远
我歌唱点装绿衣服的各种芽苞
为生命展绽一份份埋伏的惊喜
我歌唱生生不息劳作的人民
春雨滋润了田地上是谁清早就留下了一双脚印
我歌唱亘古不贱的爱情
在春天正孕育心灵的律动
我歌唱……

在内心深处　梦
开始在春天的夜里注入现实主义色彩
希望不再是缥缈的风筝
我慢慢收起放飞的纤绳
把春天系住

春天原来如此短暂

受了春的委托
小草便听从指挥开始露头
各种花儿便依次在大地的画卷上
恣意凌乱地涂抹各种色调
粉的　白的　红的　黄的　蓝的　花的
于是风儿便奉命不停地抽打

这个最调皮的季节的孩子

负责处理善后工作的春雨
泪汪汪地辩解
还不是怪你这个乱舞的风姑娘
不小心打翻了季节的染料瓶？
春天不由得羞红了脸
原来是我的安排不够妥当
你们不必互相埋怨
那我暂时引咎辞职退隐江湖

于是那个叫夏的美女就粉亮登场
她穿着五彩的超短裙

夏天，荷花正开

当荷花的心事开始凝结为莲子
秋风开始徐徐吹来

一

小芳的爱情在春天开始萌芽
她冷翠的绿色令人不敢采摘
她在风中招摇　左顾右盼
清香四溢

深绿的小芳被风吹昏了方向
跌进了一个男子的怀中
那人在她头上擎了一顶黑色的雨伞

二

于是　夏天来了
把花朵当作裙子飘舞的小芳
再也走不出伞的影子
伞尖的锃亮与尖锐
杀伤了她的心

她试图解放自己

三

当伞终于被人们的唾液腐化
小芳的叶儿也飘零
光光的枝干呆立在风中
她的哭声飘过每一道门缝

夏天的雨似乎多情
为她洗刷浑身的污垢

四

夏天　小芳又重新饱满
也许明天

小芳就要开成新娘
但她的目光
再也搜寻不到她该感激的身影

她沉默
以蕾的面貌直立

五

她知道
当荷花的心事开始凝结成为莲子
秋风开始徐徐吹来

因此她静如处子

在等待
眩人心弦的时刻

五月，收获的季节

金黄的风　从季节的来处
走进结实的种子
四野喧响一种成熟的呢喃
紫丁香的气味随风缥缈
在五月的天空捕捉喜悦的心情

农民　以土地为佛的皈依者
压抑住强烈的歌欲咧咧嘴
他们在信息的末梢神经上杳想着
城里的高消费不忍心细看廉价的
汗水　生命
是唯一贫穷的物什

五月　收获的号令在山谷里飞旋
弥漫在初爽的夜晚
蚊子低声地凯旋
而简明的灯下　一只破茧的手
正以线为索缝补一张流血的口

桌上　风儿尖锐地旋起了一张
令人心疼的催粮单

夏季感想

一

像那青草般疯长的啊
是我守望家园的目光

在这适宜爱情生长的季节
温度湿度　和土壤
无枝可依
就像夏天已至我仍却是
含　苞　欲　放

在浮躁之外
那高于 100 分贝喧嚷着的
是季节的乐章吗?

二

在目光穿过的空间
是没有层次和厚度的空荒
没有背景　没有主演
我摄像的窗口
不肯清场

希望一丝亮点进入心房

三

跋涉在季节之河
逝者如斯
被风扬起的长发
已成为一种火炬的宣言

夸父呵

我的祖皇

四

我没有脚印
但我敢肯定
我不会迷失

秋　天

在十月的秋天
我徜徉在微寒的郊外
阵阵凉爽的风从北边徐徐舞来
我琢磨着颔首不语的秋天
有什么纠缠不清的轻愁不能解开

是什么在强烈地吸附我灵动的眼眸
连那满山的红叶也连连向我轻摆脑袋？
是那调皮的挂满红灯笼的柿树？
是那田地里忙于农耕的老伯？
是那哨兵一样仍挺立标直的玉米秸秆？
是那一群群雀跃成小鹿的稚嫩学子？
还是那无力的倦阳斜睨出的一帧山水墨画？

是什么在无边的震颤着我敏感的耳膜

连那惯于私语的秋风也不肯在我耳畔停脚？
是那饱食了稻秸引颈长亢的牛哞？
是那农人饱含着丰收甜意的粗犷呼号？
是那叮咚着山涧抒情夜曲的淙淙溪水？
是那一群叽喳成小鸟的少儿们的喜悦尖叫？
是那幽谷里丁丁伐木的声声和弦击力？
还是那斜风里无力翻飞的片片蝴蝶黄叶？

是什么在固执地蛊惑着我生动的味蕾
让我在季节的律动下蠢蠢欲食？
是那睡卧在农家屋顶的瓜果？
是那桂花吐出的芬芳清幽？
是那满桌喷香的农家小乐？
是那傍晚拥坐而谈满桌的农家特产？
还是那阔绰的风姑娘摆出的季节的筵席？

是什么在次第地打开我丰富的想象
让我惊醒于苦苦从容的琢磨？
是那满眼黛青的静默群山？
是那已经孕育冬春气息的寥廓草野？
是那一缕缕乡土话语里饱含的丝丝暖意？
是那淅淅沥沥欲吞又吐羞怯的秋雨？
还是哪位大手笔的画家在天空雁阵般的写意？

哦　原来是她
这个调皮泼辣的山野秋姑娘
她一不小心撞进了我茧封的心房

让我沉重地受伤在这无边的
秋季的馨香

秋　夜

秋初的夜在浓馨的庄稼气息中
含着伏天的干旱炎热
逐渐地让月头起来了

紫色的梦分别被挂在各种
即将成熟的果实上
秋蝉一声耐不住一声地叫嚣收获

自然之歌不厌其烦的奏鸣
庄稼人喜笑颜开地横披衣裳
月亮抚摸着他们黝黑的肩膀

梨儿落到人身上
醒梦的人儿翻个身儿说了声
粮满仓

大西风来了

落英飞舞
是大西风的信笺
凄厉的叱声
震颤行走的路人
他们很惊悚地抖抖身子
表示听懂了寒冷

大西风升上高空
呼啸行云
凌乱山林

它就那么盘旋一阵
在树梢的招手 byebye 中
走向另一处风景

呵　大西风
冬的
——先行者

冬天的思绪

冬天的思绪像雪一样
纷纷坠落
凝噎情感的小河
铺满一地碎片的音符
是谁因了歌声而感动
用抖颤的手
企图小心地捕获我
灵犀的鱼类

而我轻微的忧伤
落满夜晚的路旁
素描眼泪的语言
当温暖的太阳挂起
我就藏入大地的胸膛
孕育明春的花开

婚姻将至的那个冬季的情绪

我们是一只只将要被风干的芽
在无力地蠕动着
那一点点偷春的思想
被禁锢的

不仅是希望和梦想

我感觉到坟茔
在向我靠拢
这沉重的枷锁
几乎已锁住我狂野的内心

我试图背叛
伸出赤裸的脚　行走
在冬天的早晨
泪水泉涌而下

我们脆弱的心儿
需要一颗
温柔的暖心石

漫长又寒冷的冬季
阳光慵懒的藏着
只有月亮　也仅有月亮
旷世地看着

在年末的冬日早晨我听见歌声

冷　且僵硬的冬天
早晨被霜冻的毛骨悚然

田野里纷飞花白的草尖
寒风四射　追袭春之意象

从门的缝齿　钻回一声声尖利的歌儿
晨曦般坚强地占据天空
在惊诧的感觉上
没有勇气打开门
这么冷酷的季节
真会有踏青的歌手吗？

我听　我静听歌声
可声息缥缈欲逝
我侧耳
满怀感激地向季节之神
虔诚地叩了叩头
冷静地看着门外的风丝儿
摇晃着叮当的
冷且清脆的
风铃

雪儿抒情

天公的礼物
在岁末　阴郁的日子里
寄送大地

山河一片银洁
人们伫立其中
接受纯洁洗礼
领悟四季之神的祝福

白毡毯搂着梦苗的甜蜜
拥着大街小巷
在十二月的岁末
潇潇洒洒

第四辑

流浪撷英

Liu Lang Xie Ying

我是一个行走诗人

我是一个不停行走的歌者
足迹是我的行歌
我不能停止
寻找我曾经在记忆深处相识过的
感情

一

也许苦难　还有挫折
想迫使我停下
但我的心
却容不得半刻静止的憧憬

我行走
像沙海里负重的骆驼
艰辛与干渴算不了什么
我消化自己
以装置更多的内存

二

是谁的鲜花
不停地让柔夷的手
拂过我破败的衣襟
一次次蛊惑我疲惫的双眼

我用破缕的信念
裹住我皲裂的
沾满杂草与脏泥　还有鲜血的
赤足

三

那是怎样的一双赤足呵
践过荆棘
踏过寒冰
跨过风雪
越过笑脸的
舟
呵

四

我尖耸的耳角
曾呼啸过掌声　昵称
呼啸过拳风　和哭泣
甚至哀音

我身旁的伙伴
有晨曦的笑声
有骤雨的泪水
有雷鸣的惊叫
有斜阳的身影

五

歪歪扭扭的诗行
是一张岁月悠长的弓
把我射向无知的路口
十里之外相送我的
是谁高一声浅一声
迷迷茫茫地吟唱

匆匆行程

告别昨天
如同告别童年的梦幻
春水盈盈
注灌未来之田
犹犹豫豫踌躇不决是难以
到达明天

脱下沉重的纤履
高唱雄歌伴志
向前
向世纪的速度驰掣

再辉煌的历史也得
卒忍了强泪　翻过

就像灰土一样的
撒落
只有心中坚如铁铸
才能越过多情的岁月
奔向明天

坐天（外一首）

在夜色里
你的眼神
是一轮迷蒙的月亮
照我一片苍茫
我的心情趋于混沌

我试图接近生活
可远处黛色的群山
又压迫得我默默无言

我只好
静态着心情
看着你容颜的憔悴
合着我心的破裂之声
在夜色里蔓延

远离花季的心情

花季之后
清香已过
我回想蕾
使她恢还我熟悉的脸庞

我感觉语言
在面具的束缚下
叮咚作响
奔涌的心情
向夜色汹涌而至

我破舟
想穿河而去
我握住思想的橹
听见了心里的召唤
我回顾
找不到了岸

1996 年 7 月 31 日于商洛师专

坐观嚣市

甜蜜使人轻易满足
孤独使人更需追求
在这冰冷的小城
让我更感孤单
嚣尘的市声令人难以入眠
总让我想起谁美丽的双眼

我凭窗而立
是一尊激情的雕塑
在这寒冷的季节里
捕捉你亲切的语言

我深知
在我空旷的心的原野
你是我最为珍贵的矿藏

拂去喧闹的尘埃
让我守候你最新的讯息
来吧　我的爱
我已望穿泪眼
青丝将变白发

恣意的纵酒缓解了我多日的
咽喉溃疡

那一句句此起彼伏有声或无声的呐喊
是城市打向天空的一记记勾拳

一

不知是谁率先打破了城市温馨的面纱
发出第一声气喘吁吁的呐喊
于是 城市轰轰烈烈的论坛
就在已经浑浊不堪的城市的上空开播

那些早已疲惫了双眼的路灯
就像下班归来的工薪族的身体
空洞而漠然
在纷乱吵声外 他们始终保持着最沉默的冷静

二

慵懒而又不堪重负的城市
原来也有这么多难以抒发的积怨
于是 人们的各种债赦和呐喊
便纷纷杀向曾经黛青色的黑暗

那些对 2007 年暴风雪的蔑视
那些对 2008 年春节的抱怨

那些对肥姐沈殿霞的深深哀悼

那些对艳照门的无力谴责

那些对 2008 年依然高涨的楼市的无奈

那些对 2007 年底股市下跌的失望

那些对物价一路狂飙的怨愤

那些对工资眉毛一样只掉不涨的忿叹

那些对出行公共设施城市环境污染的诘责

那些对高额借读费无力的旁观

那些对某市委副书记四套住房的烈士的痛恨

那些对艰难生存无依的渴盼

那些对忙了寻花问柳可又难以找寻工作的大学生
们的惆怅

都化作一声声貌似沉重的呐喊

在城市的天空歇斯底里地绽放

还有那些衣食小康香车美女的遐意

那些油头粉面骚首弄姿的矜持

那些巧取豪夺非法敛财的满足

那些一掷千金视钱财如粪土的张扬

那些实现了人生价值自觉丰富的幸福

那些靠劳动致富勤俭富家的布衣氏的喜悦

那些站着说话腰不疼的权势显赫的嚣狂

那些中了大奖而手足无措的狂喜

那些非法之徒不义之财轻松获取的洋洋得意

那些心想事成美梦成真的欣慰

都把自己的心结

化成一声声脆生生的呐喊

宣泄在无所不容的城市

于是　夜开始浑浊了
城市在不寒而栗

三

大年三十夜的饭　十五元宵节的灯
中国古老优秀的风俗节日
使得一些挥霍和浪费
使得一些受贿和犯罪
假以节日的名义
假以传统的幌子

那些腾空而起的烟雾
那些呛人耳鼻的灰尘
使我们想起了人民币得意的狞笑
使我们看到了火药狂妄的叫嚣
使我们想起了林则徐和虎门
使我们想起了在暴风雪中流离失所的帐篷户
使我们想到了多少无力就读名牌学校的新一代
"希望"
使我们想到了几代人蜷缩在狭小空间的惊悚
使我们想起了和谐社会以人为本阳光的普照
使我们想起了提高生活质量　放大幸福指数

鞭炮这些大小的纷乱的讨论

在这抗洪救灾　抗雪救灾式的呐喊声中
显得那样无力和苍白
只有那星星点点的火光
在显示着一些社会底层人群底气不足的呢喃

四

那些打向天空的五彩缤纷的呐喊
谁又曾听到过他们的回声
在这个已丧失了痛痒充斥着无情之欲的时代
就像我久治不愈的咽喉溃疡
忘不了的疼痛
最好用新冷的麻醉也许是最有效的疗法了

那些发泄完自己胸臆的高级动物
获得了种种的精神释放
他们满足了
因为他们的愿望上帝也许知道了
于是他们累了　累倒在自己的满足里
于是城市累了　累倒在自己的容纳里

城市静寂了
静寂在自己的麻醉里
静寂在自己的忧郁里
静寂在自我净化的生理功能里
静寂在物欲横流的现代社会里

五

我拧转已是泪水盈盈的头颅
张望呐喊尽头的天空
我看见欲望在织网
我看见无数双炽红的眼睛在暴凸欲裂
我看见一双双青筋暴凸的张牙舞爪的手
在撕虐这个曾经文明的古老的新城市
我滴落几滴浑浊的体液定定神再向天宇张望
我只看见一串串无序的字符
像冤魂一样在空中游荡

我只能遥望
今夜依然月明僻远都市文明的故乡
我那年迈的母亲
我那体弱的妻子
我那乖刁的儿子
是否有一碗热腾腾的元宵

六

酒欺骗了我的感官可蒙蔽不了我的体温
我在发烧　可能今天要去打针了
呐喊欺骗了幼稚的民心可蒙蔽不了城市的感官
城市在发烧城市在骇怕

那些发出阵阵惊叫的轿车的报警器
在骇怕着无车族的焚毁

那些发出阵阵尖叫的时髦的城市女者

在骇怕着无处不在的骚扰的偷袭

那些不能发出呼声的城市楼盘

怪物一样面目狰狞地鼎立将城市的空间粗暴的

割裂

在骇怕着城市不堪重负的推卸

那些色彩眩目的商场超市

在骇怕着火星酝酿的一场场灾难

(这不 , 西北商贸中心失火了

那里的围墙倒塌了)

那些灯红酒绿红唇妖媚的宾馆酒肆

那些四通八达线索密织的道路

在骇怕着酒后的帅哥美眉将车子写成一句句呐喊

天空在骇怕着

骇怕无法回应人间的渴望

社会在骇怕着

骇怕巨大的无力的冷漠

七

还是回家吧　回到曾自诩为风平浪静的租住房

把自己隔离

不让那些狂乱的呐喊

还有那些毒气的余孽

因为自己很耳聋听不见窗外的一切

把自己的嗓子拿出来鼓捣鼓捣

不让自己有什么想法也不让自己发出任何声响

因为今早还要上班呢

就让寒冷
裹着我这一个飘零的打工者
在城市的大麻醉中获得自己的小麻醉
睡去
睡去吧
睡倒在自己虚无的憧憬里
睡倒在别人再次呐喊的酝酿里
睡在西安一个破败不堪的木板上
但愿不要睡成几个世纪后的木乃伊
让酒的芳香伴着我
让我感受着这个社会的馨香

2008 年元月 22 日凌晨 3 点作于西安变态居

远航的人

我在你语言的海洋里
独自驾着一叶扁舟
寻找好望角
找寻你金黄色的微笑

颠簸的船舷
时刻模糊我的视线

那舆论的风
火烧的击中我黝黑的脸
我衣服褴褛
飘扬成战旗

在波涛的深层
你的语言是一种动力
向上或向下
我迎风歌唱

我看见太阳
扫除我前途的苍茫

约你不遇

我静坐如猿
透过心灵的窗棂
我看见你削丽的脸庞
在向我不停地张望

这楼上楼下的空间
容纳了多少的语言啊
我爱
用我沉默的力量
逼迫你

向我投降

而你贵族的足踝
一直隐缩于你华丽的裙角
让我的空笛
无声地宣泄着心的无奈

我站起来
看见夜幕里的雨滴
已滑落在你的脸上
听不到你的呼唤
我只好
慢慢地回来
——慢慢地走开

1996 年 8 月 4 日于商洛师专

余　光

我的眼角抹过的一丝光亮
把人世的一切真相
揭开

我不得已闭了双眼
用盲人的心情抒发我

金色的诗行
在梦里
我远离真实
追逐艺术

我心灵的窗口
总在踯躅地斜着走路
感觉别人匆匆的身影
像夏天忙碌的闪电

我用余光端正着方向
向殿堂的台阶上摸索
我不敢正视那些宽阔高大
著名的身影
我只好匍伏
再次用余光的无奈
表白自己奢侈的等待

虚幻（两章）

一

你的头发
是一束尖锐的思想
抹我一片黑色的亮丽

你平缓的语言
在轻轻地绽辐这种
思想的开放

静默中
我听见你爽朗的笑容
越过静弦

此刻　白云不再是一种掩盖
我飘飞的语言
在风儿的逼迫下
像候鸟般的
散落

二

多年以后
我此时酒的语言
也许很醇

你可以慢慢地啜饮
让我的
成为你的消化

而语言
以及你的梦呼

很容易地把我释放
使我游离于心房之外

那时
我所啁啾的
不再是由衷的随想
你感到的将是满目的
伤感与沧桑

1996 年 7 月 31 日于商洛师专

寻友未逢

在门前
我试着把心提升了一个高度

一

在深远的记忆里
我好像觉得
与你相逢后的交谈
是一次次震颤呢

我准备了很久的语言
在门口

都急于涌出

二

而你无缘的错失
让我在门外几乎
塑成一枚青果
我的心下降至第四个纽扣

我感到天气很凉
尽管太阳正粗喘着气

三

我冰冷的四肢
被汗水浸湿
我散落着思维
像已经无法整理的
我精心梳妆了一整午的
又被调皮的风儿揉乱的
头发

戏　剧

一

夜
聆听一种沉默
我听见风挤过窗棂
传来遥远的呼声

黑色里
我划亮目光
寻找锈落的箭

二

月光
照彻我冷怆的泪脸
我看见自己的灵魂
向暗角蜿蜒

我丢失了箭
弓儿苍老的背
向我读着什么宣言

我感到了墙
已不愿这种承担

我的目光刺不透遥远的行程

在追逐爱情的路上
是谁骠勇的马
一直旋过我的侧翼
掠飞
留我满目的悲伤与
失望

夜幕压临心情的时候
我以为是你的身影
抵达我的胸膛
用歌声触摸你的踪迹
而篝火的语言把我的影子
描述得很苍白无力

星星那尖刻窥探的目光
使人惊慌
我捂紧你的名字面对黑魅的青山
泪水翻阅着不寐的心事

注视东方的势态
看你是否还在远方的风景线旁
将谁等待
我俯下头想把自己掩埋
我丑陋的面容不忍卒看

世事的沧桑令我已
不堪一击

我的四肢
不知道该怎样应付这难定的
结局

锁

危险的　固执
墨守成规

不懂人情世故呆板地
阻挡坦荡的目光

锁是一个问号
为什么呢?

是谁把我们囚禁

是谁
让我们四肢不展地蜷缩在

这令人桎梏的氛围？
是冰冷的窗条透明的玻璃？
还是厚重的墙壁即将锈落的巨锁？

是世俗的眼光苛刻的议论
层层剥食我们热情的向往
把我们理想的桨折断
使我们远行的滑翔机纷纷坠落

我们脆如蝉蜕的思想
不能延展成钢或者更韧的金属
在传统的重击下一次次迸裂
没有火焰和光环

思想的碎片激起
阵阵蔑视的喧哗

我们一次次地冲锋
但涨潮的洪水总超越不过自己
制度的堤啊

我们只好进化成蚕
或者羽化成一只只苍老灰褐色的
蝴蝶
飞翔在人生的黄昏
去追逐旺盛的鲜花
附和轻风

生活的伤痕

一

岁月的尖锐
刺伤我英雄的梦
世俗的风
只能使我们深刻

二

再次平静相见的原因
熟悉的是互通的心灵
渐于峥嵘的面目
在无言表白着岁月的沧桑

三

也许　明天的太阳
就会有属于我们的光芒
但我们还得忍受一次
朦胧的黄昏
让梦想
在夜里被剔除的
近于现实

四

就算成功将要来临

我们也不可屏息静气地
去等待
用双手将成功的喜悦
压迫
使它爆炸的气浪
足以使所有的心灵
感到激动

伤感主义诗人

中国最凄惨的那个落魄诗人
在二月阴冷的天空下啰唆着爱情
他得不到钟情女孩的任何回声
头发短短的诗人胡子一片葱葱

中国最凄惨的那个落魄诗人
用文字表达着他自己非常不幸的爱情
他自以为很抒情的诗稿已集几部
可放出去的飞鸿都没有了性命

中国最凄惨的那个落魄诗人
叹息在熙攘的人群中淹没了身影
诗人的气质在金钱的鄙视下很单薄
诗人病恹恹地走着却也无可奈何

中国最凄惨的那个落魄诗人
他不知文风已乱人民下海成疯
他只知潦草乱画汉字自以为生
他不知中国的国度文学已走进死胡同

如何面对黑夜里那些曾经
期盼的眼睛

当黑夜被我们的安静划开
静眸中永远是谁如水的凝望
在不断蚕食我寂寞的零落
我无力拂开纷杂的思绪
一任那些眼光鲜花一样纷纷凋零和坠落

让那些执意的期盼
在夜深的呓语里
被回复成一串串的琴韵
在梦里和梦外的缺余
像星星一样永远不能失明

总不能把崎岖的思念熨帖成一条顺流的河
在你的侧畔回旋迂回
我不是一条失去大海的鱼
我的眼泪飘飞成芊芊的素手
在历史的空间里玷污史册

那些无法熄灭的关注的心儿
像一颗颗不愿遗弃的宝石
总在炫目的流露生命的高贵和华丽
在那些飘飞的语言里
那一句曾经是我最喧嚣的自白

让无法熄灭的渴望
在黑夜里无限放大我的憧憬

如果再遇见你（探索诗）

这是不可能的

我是说
尖利的岁月之风
缓重的磨砺之河
将你姣好的容颜及心情
碾轧得铮铮有声
就是遇见了你
我们仍是旧的准备
或许我已不能读懂你姓名上的痕迹
只那么匆匆点头就擦臂致意

而那一瞬间
所有的关切之心

以及当初的挚挚之谊磨炼之苦
都急着前来争相打碎
我心中关于你的最美好的记忆
与其为你倾声哭泣
不如狠心不遇见你
让我保持对你最初原有的思念
伴你走过季节
走到永远

日　子

日子如墙林立
压迫的人喘不过气来
壁上有门

我们走进一个门
再选择一个门

很简单
走过的门就死了
不能再回首

踏对一个门
也都可以自豪一次
有些门上的标记

并不都是指示灯般的善意

你只管审慎地开门
（这可不是玩笑的游戏）
不要忧郁
犹豫太久门就会生锈
直到哪天开累了
别抱怨，就倒下吧
这儿将是你的坟茔
明年青草葱葱

燃　者

你的背影端成一种埋伏
深深地击中我伤痕累累的眼睛
我的眼睛里长满了茅草
被你的湿润旺盛
思念旺盛

越过时空的窗棂
我是一株挂满风铃的向日葵
夜夜敲响你的情绪
声音似乎很迷人吗？

我的歌儿燎原了情感

我被焚烧成一截木炭
热且黑陋
你不用带火的箭吗？

我等了多久啊
我的爱人
我石化成悲剧雕塑
占据你的心头时
你能再次燃烧我吗？

挂在风之外的是泪
站在情之缘的是水

情感杯子

我用空白的杯子
兑饮着情感

我的纯洁
盛装一只只透明的水晶
我排列组合
悬挂一系列表象

我的空虚与实在
在论证着哲学

我的语言与形态
在表白着诗行
我无声的呼吸与吞咽
显示永恒与沉静

打碎一只杯子
就是杀灭一种忧伤
让破碎的无奈
对比我的成长

杯子的污垢
不是缘于尘埃的吸附
是我情感的锈落
而那时的苍白
是我一生的危机

我擦拭杯子
让它发声

清晨个体醒来了，思念也醒来了

忆起昨夜和名衔的对饮中
我被麻醉了
提起酒便一阵阵悸动
还好清晨我终于能够醒来了

还可以明目张胆地活在这个人世　甚至上班
我感激昨夜恣意的纵酒（但绝没有闹事）
缓解了我半月来咽喉溃疡的疼痛
我的个体醒了
思念也醒了

一遍遍的逡巡那些痴友
还有那些网络知己
谁会是我在麻醉之后第一个的忆起
就像今春将至
谁将是第一朵迎春绽蕾的花儿
谁将是第一条写意春风的柔柳

静静地思
默默地念
回忆那些甜蜜的时光
品味那些幸福的邂逅
感激那些相逢的喜悦
思恋那些距离的阻隔
于是你的形象便跃然而出
不是只是在我的心上

你不是我的珍藏　你是我的珍贵
是我目前最富有的欢乐的矿藏
忆起你的每一句言语
忆起你的每一寸肌肤
阳光就荡漾在我的眸子和脸庞

人们说人勤春早啊
我也说人勤晓早

睡眠醒来的时分
想念应该是最纯真的了
因为梦已落幕
现实还未开启
在这一生一世中最纯洁的时刻
让我纯洁无邪地想起你
思念　线索一样将我的呼吸压迫

我用手机
一遍遍拨出你的号码
但我不敢骚扰你静谧的温馨
就让一封封不知发出还是未发出的信柬
代表我在此处无法表白的语言

让你聆听我的思念
让你解读我的爱恋

　　　2008 年元月 22 日凌晨 6 时于西安变态居

青春三十二岁祭

好诗是留给自己用心去品的
如果有一天你偶尔检阅了她
不是她在歌唱
而是我的心在流泪

——题记

一

让我拭去那还未曾滴落的珍珠
像从沙漠里捡拾那即将被淹没的
满充硝烟的碎片

当我的笔触划向记忆的蕴藏
像音乐一样从琴弦里纷纷跌落的
不是欢乐的童稚
而是沉重的感伤

一如我现在无边的忧郁
没有一切的物质可以阻挡

二

我在满充智慧的月光下行走
晶莹的光线俯视了我太多的内涵

在清冷的长路上
我的穿越似乎像一只游走的野兽
在撕裂那一串自然静谧的风铃

让我心的空旷
在无质的夜色里放逐
我震动着我纷杂的歌喉
去打破那些无法阻挠的孤独

在饱满的银色里
我披着历经奔波的疲惫
向寒冷的屏障发出猛烈的冲锋
我冰冷的四肢
在表白着我的大脑还没有失去正常

不是陪爱人陶醉在迷人的徜徉
不是在表演席上抒发我的
故作深奥的模样
我是在冬日农历十二月末顶着广袤的寒空
零下三度的目光
用汽油和车轮
穿越八十公里的隔膜
和已婚十二年的不再的新娘
共度周末

不知沾濡在发梢上的冰凌
是否也有着艰辛的酸涩

不知抚慰着鞋褥的泥土
是否有过真诚的激动
我把一路的风寒
抛在了烛窗之外
而季节沉着的语言
却沉淀在了我的膝缝
如同飞鸟那雄健的翅膀
在不停地割裂着天宇的苍茫

我并不坚强
但我没有理由让自己失望

三

如果年轻的身影已经风干成
仙人掌的叶片
那么湿润的泪水
只能加速它颓然的衰败

那一只只飘飞的花絮
已经迁徙了缠绵在枝头的点点余香
当身后的泥淖已经没有了那些
曾经一往情深的水洇
也许回过曾经峥嵘的脸庞
已经失却了深层次的意义

在那些彳亍而逝的飞雪季节

我冰封的浪迹已经不能流动
让我曾经有过的片片失望
一如年幼时放飞的那一只只风筝
摇曳在一片荒凉的流风
星星点点的思绪
已散落成心海粼粼的寒光
将我一如既往的各种向往
沉覆在一切标本集中的收藏

一声未曾发出的呐喊
窒息在冷峻的黑暗
而阳光
在放大着各种逆光的阻挡

四

就像海边的沙滩
冲刷了多少迷惑的脚步
让往昔一次次遭受激烈的侵蚀

在时间的流水账里
光脚丫的俊矮小生畏畏缩缩
在墙角吮吸着陌生的惊恐
挎着书包步行二十公里的艰辛
比求学的压迫还要沉重
母亲佝偻着腰肢为我们的果腹
把泪水已经咸入一只只饥饿的张口

和少年劲风一样狂飙在无忧无虑里
一直是我不能触及的伤痛梦想
慈爱我们半生的严父
也许已在墓地里度过了花甲之岁

让我们这些业已独迎风雨的小树
用六种根须在怀念典范的父爱
在天各一方
用磁电过滤的音质交流

现代化的步履
已将我们屡奔的身影撞倒
而洗不尽泥土的质朴
在冷却的城市里
坚持突围

五

当激越的华章
自激动的耳畔掠过
难以描绘的情愫
在心中淀积一粒粒的灰垢

让我们一次次的奢望
像失事的飞机一样坠落
尽管谁也不愿这样的后果
但谁也无法预测那炫目的惊悸

在看似平静的心海里
谁没有憧憬过旖旎的浪涛
那华丽的裙裾
那热切的期盼
那嫉妒的平台
那羡慕的丰足
那妩媚的回眸
那显赫的张扬
如果永远是无缘的错失
用一生的回味也不是能够了结的
一如雨后的飞虹
谁能说是苛求的壮丽呢

在那一种无缘的歌唱里
我是唯一垂泪的暮者
嗟问自身的失落
诘问喧嚷的世俗
而无畏的城市
正轰轰然度过梦宵

六

当花开出思念的芬芳
她的流香不再是一种无奈的惆怅
整个世界将激动在爱的海洋
背影里已依稀不出美丽的记趣

黯然失色了各种精彩纷呈的比喻

当梦被绚丽的素描割据
我们的画卷不再是一页抽象的等待
在絮语的尽头
我不知该留下什么样的署名
让风雨无法将我曾经的痕迹
无忆地忘记

三十二　　三百八十四
一万一千六百八十
或者无以计数的时间
不是我今生的吉祥数
而是让我饱经困苦的陶醉
让我匍匐在无力的跌倒
把一切将临的挫折蕴藏

收起已不能折叠的心事
让月光将我曾经的激情寒冷
在酷寒报晓之前
我得用一种不再萧条的拥抱
恭迎初袭的晨曦

春天
我不知能否披上绿衣裳

七

感情在物欲横流　尔虞我诈的战争中牺牲
残缺的肢体无言的陈列
像一个个飘飞的美艳的冷笑
游荡在寂寞的空巷

金钱往往好像是最后的笑者
在它那满充权欲和黑血的疤脸上
荡漾者邪恶的荒诞与神圣的庄严
在已感觉不到脉搏的这个时代
让我们自己慢慢地压抑
像一颗颗飞扬的尘埃

在兽类的喘息间触摸
各种地老天荒的传说

青春三十四年祭

也许在进入市场繁荣之际
我的诗歌不再是文人骚客的古董
记载着我忧欢的文字
也可以成为一个大写的人的
隐私
请你尽情地翻阅她吧

就像透视过我的肺腑一样

一

三年来的酸楚
用我秃劣的笔触已不能尽情表述
我只能把我那已失形乱码的步伐
重新排列成我好像曾经的
轨迹

因为我的记忆
是从那时的失望开始
就像一声惊雷
在撕破温馨春天的大地
鲜花便开始释放
蕴藏在季节之外的残恶

于是黑色的花
便开放在我茁壮的枝头
冷眼看着枝梗的残败
放肆地狞笑
总是以岁月的名义
向我寄来深深浅浅的慰藉

我已坦然以对
因为我并没有因此颓废
就像一堵残垣

风号中已经站稳了不倒的阵脚
淅淅沥沥的淫雨
已经灌不进她早已溢满
盈泪的胸膛

面对太阳
在每一丝接受光线的层面
希望
那希冀之星
正在尽情吸附太多的光芒
只等着机遇姗姗上场

二

支撑我巍然站立的
不是莽然的无知
在刺骨的人文社会里
我已遍尝花瓣的零落
背负的嘲论

因为那时惶钝如梦的决断
使我羁绊于不行的泥濯
在如镜般清澈的笑魇下
我不知胶浆的陷落
会将我混沌成一身恶臭
于是　我只得背负着太沉重的责任
和责任以外的全债

逃避着更易遭受遣骂的罪责
交流于钢轨的语言

那狭小的蜷缩
掩饰不了我丝毫的愧疚
在火车那低啸的嘶叫声里
将我的无奈尽情地拉长
就像风骁勇的身影
写意在片片绿茵之上

三

在那些陌生的城市
我在试图温暖着自己僵冻的心房
和化解冰冷的脸庞
到处一样的匆匆
就连浅浅的一声叹息
也转眼被脚步踩疼

信息的奔波　　勇气的才华
求职的尴尬　　颓然的无能
让我一次次在生命的章节中
总是一些断章的悬念
那些似曾粉砌的笑脸
已在铭刻着我无忆的思念
就像一叶扁舟
在喧唱着海洋之歌

南方　北方　还有中国的心脏
沿海　内陆　更有祖国的边疆
我去用一份份
名片般的简历
一次次叩打在石质的城墙
和铁质的门窗

在无法计数的门槛处
外圆内方的那张献媚之笑
总是在讥笑着人本的湮灭
与断层的泱然
在东方
他们说一个时代已经决然远去
他们说一个时代已经寻踪前来
人才在这个清脆脆的新鲜时代
已燃烧不出一丝丝光和温暖
更不要苛求什么青烟
和坟茔
埋藏噩梦的不再是古将士仰天长叹的黄土
那是一堆堆繁华的尸骨
在无奈着一种必然
在心算着一个时代
在嘲讽着一面谄笑
在记录着一世英豪

四

在那些高高低低的台阶之上
冷漠已坐成仰视的傲然
让我们谦卑地昂首
掀翻一片白色的眼眸
让我们在心底一次次地压制
对情感残缺的厌倦
对良知肆意的懈怠
对人伦嚣然的践踏
对人言飘逸的潇洒
而让我的伤感

而让我的伤感
就那样沉沦在自己的懈怠
奔波的疲足
就像一只沙漠之舟啊
在消耗自己的豪气
而一轮故乡的明月
多少次照澈我
冰冷在家门口凉意森然的
清唱

就像一次次远行的车厢
我们被别人当成疾行的阻挡
在被蓬勃的诅咒着
丧白的浏览

和长足的忏悔
移位地繁殖在街陌深处
正花枝招展地曼歌起舞
最是那芊芊之手
在抚慰着城市异动的心律

在被金钱蚕食着青春的很多腰肢上
粘贴着多少面疲于奔命的笑脸
在这个礼仪闻名的国度
我们传递着层层的践踏

五

无法排遣我醉人的忧伤
只得耕耘在无边的网络
QQ 和微信是我常常驱使的两只耕牛
在铧犁着我情感的疆域
在向朋友们祈求着支持
和温暖的援助

于是　我伤感的真实
就在那小小的一隅
用忽明忽暗的图像
与我心爱的珍藏
一点点传递思想的火花
炫目的光彩
仅仅只缘于那一丝星火啊

让我收藏起我并不珍贵的冷询
让风儿感觉不到我的忧伤
三十四岁
我依然冲锋在雨中
是那钱币纷纷而下的雨啊
叮咚着我执着的梦

梦里花落知多少

腮边的泪
将一瓣瓣落红托起
似浮萍心事
飞旋迂回
枕边已沁成胭红一片

梦也何曾到小桥
可西风下的流水
已将支离破碎的心绪
零落成呜咽的低唱
让一腔纷乱的苦楚
无力地空摇枝头
长一声短一声的吁叹
总在似乎无意地招摇
让迷醒交错的睡眠

一次次面对黝黑的漫长

在已钝然不觉的心境里
多少失落的蕾
已失去了绽放的热情
空留一些破絮的思念
在如柔荑般挥动的枝头
如呓语
向风　向即将酝酿的雨
还是向一切的过客
周而复始地倾诉
在无尽的孤独里
无助的双眼已朦胧一片

缤纷的落英
将无法描述的疼痛
向四处喧哗
那失落的希望
在心雨如潮的水边
身影不停的徘徊

擦不干的泪痕
将我如哭如诉的伤感
渲染成一片血色的黄昏
夕阳下
梦里的落花似一柄柄锋利的剑
刺伤我黝黑厚重的胸腔

让寻香的蜜蜂和翩然的蝴蝶
盘旋无尽的失意

让我将裸伤遮掩
装作若无其事地
让无眠泉涌的泪眼
将你鲜花的面容
和我娇柔的身影
在黑夜里望尽空天

在晶莹剔透的水中
飘落的一片不能辗转成香泥
可她会衍化成你柔情似水的双眼
透过我风雨中已破败不堪的倒影
将我悲伤的结局
浮生成藻类
让游走的鱼儿
叼食我动人的凄凉
成长我无依的期待
在如蝉的小贩声中一声声地贱卖

不知梦境能否相通
我如魔的苦涩能否延伸至你
田田的心里
在梦醒已不能区分的黎明
让我接受良心的拷问
为什么要将只能在深远的梦里

才能表达的衷情
强加给多愁善感的你
为什么在如丝如缕的狭路上
陌生的你我却能够用心灵沟通

在惘然的寂寞里
总想和你交流无质的人生的花絮
在苍凉的空灵里
你磁性的语言是我唯一的灯塔
为我无的的征程导航
在我娟色的记忆里
你是我美奂美伦无以复加的甜蜜

在你无瑕的憧憬里
你喜爱春花的绚烂
还是永恒的静美
你挑剔的欣赏
是年轻的俊美
还是苍老的成熟
谁曾是你的最爱

梦里花落知多少
也许如诉的轻风知道
也许滂沱的泪雨知道

在过客觊觎的目光中
你可以想象我至尊的荣幸

可曾记得
杨树堤边放纵的私语
木板桥上荡漾的笑声
黄昏后那快乐的搀扶
轻车曼行欢愉的伴随
欢声笑语中你笑弯的腰肢
夜幕初袭时你扶车的远眺

至夜无梦
即使误入念念的思恋
梦里花落知多少
也许细数的流水知晓
也许空飞的坠落知道
也许如洗的明月知晓
也许如歌的岁月知道
也许失神的守望者
还不知道

迷　路

古时
有老马的地方
盛行迷路
那时路很狭小
路边有茸茸的青草

难以分清
迷失的真是路吗？
（或许是一种心情）

而今
路如同人家屋顶的炊烟
纷杂纠缠
老马也进了展馆
迷路人呆若木鸡
像迷失了网的鱼
唉然自叹

我总是认为
迷路是足的失误
心难道也会迷路么？

就如同我那些弃路而走的朋友
纷纷都迷失了我的方向

梦　境

月亮照着他的影
他拨响吉他的梦
吉他鸣出美妙的月色
月色包围他的梦

梦随风飘动
心在夜里沉淀
逐渐上升

静

午夜
失落满地的琴弦正埋伏着
一种隐喻

月色趴在地上
匍匐着前进
斑驳着一幅黑色背景的素描

没有风
拂动心中隐痛的是
自己的绪念

有黑剑的鸟刺过
闪现一道光亮

夜色流淌
一种无质的
秘密

久雨天晴了，空中飘满胜利的彩旗

晴朗的天空佩着一枚勋章
淋湿了的衣服薄而且忧伤
轻轻地憩息于四处纷飞的枝丫上
像小孩子初入幼稚的手摆动——
画风的模样

空中贴满了七彩的条旗
那是胜利的歌喉在致意

久雨久雨雨多地失去了本质意义
因此漂泊着泪水的哭泣
风儿斜斜地拂过大地忧伤的
眼睛
隐藏在幕后的是谁的话语
一直未走出场　目光飞扬
鞭挞的力量惨败而退
今夜星儿惊慌

天晴了擦干泪水洗濯双足
我们去踏青在生命的绿草原上
小草在那儿梦着呢喃的手
心情漠漠地飘动
膨胀成美丽的风筝
在蓝天上摇曳成让人悸惊的
风景

离家的日子

——致 GQ

我思乡的情绪被风儿拂动
在城市的霓虹下
脉络清晰

似一片片叶子
在远离家的空旷处
飘零

也许愁绪　孤独和寂寞
不是我唯一的对手
但我心的哀伤
正弥漫情感的星空

在根的那端
还有亲情和温暖
在忠实的守候
但咫尺的阻碍
只能深化这秋天的冷落

让人去流浪
捡拾那凋谢满地的
幸福和欢乐

黑　夜

看不见影子
星星很诡秘地窥探
用目光和语言
把黑夜俘虏成血的颜色
沉淀心之境界

黑夜很深
×××大裂谷算了什么呢
××××海峡算了什么呢
水里投入一个人还起点浪花啊
可黑夜会无声无息地吞没
一切　包括思想

用火柴和亮光
只能映出黑的庞大凶恶
犹如坚强的沙丁鱼群
宁死不屈

黑令人害怕
夜令人担忧
天方夜谭的故事诞生于夜
就算把天幕杀得一片灿烂
也不是件弹指事

夜的奥秘在哪儿呢?

归 巢

伤痕累累的翅膀扇不动
轻浮的语言和蔑视的目光
把无声的疼痛掩盖成
苍穹一样的浩茫
邻空飞翔

找不到可以依附的枝
如同好歌儿找不到妙嗓子
我是一只小鸟
找不到归巢的路

2008 年 4 月 21 日西安气温骤降

昨天的天气预报没有预料
气温降得超过了人们对物价上涨承受的限度
于是寒风便冷簌簌地诉说
把暖丽的春天的故事隐藏
诉说着冬的记忆

市民们都在纷纷议论
气象部门的预测远远落后于
人们对西安创卫工作的预感

让人们在心寒之后再一次身寒
寒心于藏青会"惨绝人寰"的恐怖行为
心寒于 CNN 对奥运会的无端丑化
寒心于中石油几十年坚挺后的轰然回落
心寒于几名未成年人对一位 15 岁同学的打杀
……

地震时高楼就是你的坟茔

地震前

燥热的古都慢慢褪尽了她往日的喧嚣
清爽 阳光明媚
我们叽喳着 像一群春燕
快乐地飞向西安国贸二十八层
那平时仰望的高度

红男绿女们
在明亮的楼道快乐的游弋
像一只只绅士
那飘荡的裙裾和高跟的的击键声
让你陶醉在一片蓝色的想象

地震来了

猛然 沙发好像动了起来

晃动

一下　二下　三下

我以为我真的醉倒在美丽的邂逅中

就像小船在海中漂浮

有人警觉　房子在动

有人尖叫　开始逃离

霎时　地震　地震地震

这两个只在电视　报纸　历史　小说里见到的
汉字

和我第一次亲密接触了

它响彻在每个人的脑海中

以及一部分人的口器

逃离……

二十八层的高度

是足以把人粉身碎骨的层次

没有进迪斯科或现代舞那样轻曼

人们惊慌地游弋于楼道之间

不是浪漫　而是没有了平衡感

他们像被嵌入了秋千　忽左忽右

尖叫声　疾跑者　桌凳摩擦移位的声音

令沉寂多年的恐惧

一下子呕吐一样翻涌出来

砰的一声　是谁一脚踹开了紧急通道的门

生命似乎也被开辟了通道
人们在疯狂下泻
摇晃
有女士瘫倒在地
有女士被甩过来抖抖索索抓住我惨白的手
恐惧在以幂的速度上升

楼体在以 20CM 的幅度摇晃
房屋在咯咯咋咋鸣叫
绝望在升级
人群在急速流失

在确认还没有倒塌的可能下
我们也开始逃离
从楼梯
跟从人流
这时的我开始有了空隙
想到了生命的卑微
人性的脆弱

纸箱　拖鞋　衣服　眼镜......
从楼道不断往下延伸
我们不知道自己是否能踩住下一级台阶
不知道还有没有机会
我不知是缘于心虚还是摇晃

很多扶手就有了磁性

吸附太多的手臂
一个个的快速者不断地在左侧超越
这时我才真正感受到什么叫生命和死亡赛跑
大家都在发出"冷静""不要慌"
每个人的神色在凝重
脚步在无形中加快

一位行走不便的残疾者
在蹒跚地阻碍人们的下行速度
但大家还是谦恭地避让　超越
没有人去背她下楼　包括我
我知道　此刻自私在被放大

楼层在慢慢降低
平衡感在不断增加
我们在不均匀的呼吸声中
终于逃出大楼
来到地面

有人惊呼没拿手机……

地震后

环顾一双双惊恐的眼神
和一张张苍白真实的脸
大家一下觉得亲近了很多
死亡被我们战胜了

户外到处是两只脚的人
还有三只脚的人　两个轮子的人
人们都在陷入回忆
又好像在等着什么
电话在单方的狂喊
……

二〇〇七年圣诞节在西安

我像一只黑色的飞鸟
在无声地穿越过喧闹而孤寂的城市
在红灯映衬的圣诞老人身旁
我一次次翩然低飞
像一片受伤的树叶
在不断喘息着奔波的辛劳
在城市的主页上
无力地写下我歪斜的文字
这一天　公交车也像我一样疲惫
这是在二〇〇七年
中国西安的圣诞节

看着互拥双飞的伴侣
我的孤单好像有了那么一丝凄凉
那些掠飞过耳畔的丝竹

在不停地划伤我已经结痂的心房
从沿海的广州　从南方的南京
从北方的北京　从煤海的太原
我回到了中国的心脏
二〇〇七年　西安式的外国节目
在这里隆重上映

我穿过了繁华的钟楼与宽阔的街巷
我吞咽着一次次甜蜜的想象
我飞翔到自己黝黑的角落
把我的梦想深深地隐藏
把我凌乱的羽毛擦拭光亮

二〇〇七年的圣诞节
在西安总像是有那么一些无力与苍白
不知道攘动的是一些什么情愫
而箫杀的雨雪
似乎给了圣诞节一些更精彩的点缀
还有情人节
还有什么呢？

很多年的圣诞节我都没有记忆过什么
因为我不曾有过感动和茫然
但我会珍忆这个不平凡的片断
就像我不可告人的阴私
二〇〇七年　西安的圣诞节
让我成为沉重的珍藏

把自己的人生不在
轻易地把玩

让我的羽毛书写出的黑色的幽默
有一天成为闪亮的语言
把西安的城墙和又一个圣诞节
金黄地闪亮

窗子响了一下

鸟的翅膀
拍打着天空
把夜的粉末四处扬撒

鸟自己悲惨地黑了
我们的目光也黑了

我的窗子轻响了一下
我慌忙用手按住第二颗纽扣
惊悚而镇静

我用迷茫的目光代替脑袋
爬出门缝张望

对面的房子忽的燃着一个月亮

我恍然醒了
原来是夜　真好心的姑娘
在轻柔地叩响我
疲惫的心房

我工作在丹江漂流的下游

不管顺行还是逆旅
看着就是一串歌谣

——题记

我工作在丹江漂流的下游
流下的丹江水言语滔滔
向我不停地传述她的起源和身世
当然还有她丰满的传奇

我总是想略去她平静的铺垫
想知晓在漂流的章节里的那些精彩的
素描和动感的场景
那些胜似硝烟战场的激烈
老像一丝丝阳光横绕在我郁郁葱葱想象的
枝头

一

我住在丹江漂流的上游

我穿过几十分之一的整条河流去下游谋生
丹江河的语言是我上班下班时随身系带的
彩带
或丝巾吧
冬暖夏凉

当我自驾在她的身边
沿着碎碎的十五华里的丹竹路
赏心悦目
下行或上溯
如画如歌的沿途风景
让我恍如梦境
原来自在如意的生活可以如此惬意
工作只是欢乐的一个间奏
我快乐地行走
我是行走着的快乐诗人
精神如同巨大的富翁

新修的宽阔的柏油马路
像一腔宽阔硕大的胸襟
张开她热情磅礴的臂膀
迎接那些曾经渴望与丹江私语的游客
欲与丹江亲密接触的文人骚客
和那些也许曾经疲惫的
白领　金领与高层

沿途的风语

真是香的
馨甜的不单是槐花的过趣
还有淳朴的民风民俗
合着船夫樵夫的山吼
沿途站立的一串串绿色
也在不停地向你寄以浅哝

在上游和下游之间
没有帷幕和终点
那轻快欢乐的歌谣
永远是丹江水不灭的春潮

二

我捕获那些随意水舞的丹江小鱼
在偶尔闲暇的时光
我不贪食　也不杀生
我只是从她深邃的眼底
打捞和筛选出那些
乘橡皮小筏而下的游客
曾经都欢笑过什么？
趣闻或故事
打诨或谐谑
然后我把她敬重地放生
让她成为我终生的密探
像余则成一样敬业
为我搜集线索和信息

有时我也张网
打捞水面和水底那些
氤氲的沉郁
灿烂的笑声
各种诡异的心事
和一些真心的祝愿
所以我的目光之网啊
有时也很沉重

于是有时
我就孑然一人
独坐在沿河而下褐色的崖石上
模仿沉思者的形状
晾晒我湿润的目光
和目光里的负能量
我也和石头交流
那些深沉的过往和亘古的话题
可它总是沉默不语
一任撒娇的丹江将它的脚板骚扰
这时的丹江水啊
一如温顺至亲的少女
静谧不语
任我轻佻的手指
抚拂过她柔顺的秀发

在微雨里

我经常相逢那些撑伞漂流的侠客
侠的是行为　是胆识
更是一种飘逸的境界和不屈的精神
似曾被细雨浸透的那些心房
肯定不会被淋湿
而传说在返程后的种种喜悦里开始登场
在都市的一隅
慢慢地浅浅地释放有关
丹江漂流的细节和动人

三

你真以为她不会嗔怒吗？

那曾经是过去的破旧大道
到处都是丹水娇叱后噬咬的伤痕
与疤缺
所以如今的通途
正像一款笔挺的西装
端正着如缕如沙的流水
冲过高速桥墩
刷过沿河高坝
抚过细沙绿草
漫过浅滩水洇

我总认为
那些浮生在水面的小筏子

和行走黏附在丹竹路上的行人
只是一枚枚跳动的音符
在丹江和公路的五线谱上
奏鸣一串串乐音的歌谣
那筏子上着红色救生衣的客人呢
是音符里那婉转波动的旋律吗？

那几列长长的旅游小火车呢？
是长歌的章节里深情的绵音
我真想随着游客的激情去驾驶着喜悦
向修长的岁月的河流
向丹水　凤山
歌一曲我浑厚粗犷的信天吼
只可惜我是低配的 C 照
那只快乐的旱道小艇需要 A 照

那一盆盆　一桨桨夏季的凉水
从丹江的心胸被人端起　撩起
撒向　泼向游客最深刻的问候啊
是欢乐的动员令
那一双双粗粝的草鞋
让多少的赤足
饱尝江水的敦厚与清纯
这些动听的快乐行板
是歌曲不可的或缺

龙头山上的那一截截盘岭索道

便是一节节记忆的珠链
录音着过往的历趣和欢欣
庙宇里慈眉的大佛
让清脆悠扬的钟声
向山水　向河滩　向村落　向音符
传递快乐的慰问

那坐落在月日滩边的儿童乐园
难道也会关闭了动听的笑语？
快乐不会闲暇
欢愉永不打烊

四

生活就是舞台
拼的真不是传说中的演技
是一腔腔的真情

我常在行走的车窗后
与那些顺行或与我逆流的小筏上
那些笑意盈盈的行者
致以歌喉的问候和
短暂地挥手
车行在五线谱的高声段
筏流在音乐符的低音区
恰似针和线
穿插着生与活的琐碎和

长久

大多数的境状
我是就着歌谣自驾的
在车载的音响里
我唱出 KTV 的气氛
那川流不息的玉带
是我一串串掌声的延续
我在我人生的舞台
活出我平凡也不传奇的精彩
所谓的演技在哪里？
难道真需要演技吗？

戏如人生的人
大多人不若戏

不管是顺行还是逆旅
对我这个小歌者而言
看着就是感动着
走着就是唱着
我走过的身后
随意就是一串歌谣
不是流行的深奥
是民歌的丰硕和饱满
是小曲的婉转和流放
一如我狂狷的人生
是一串幸福简单的歌谣

第五辑

我歌唱生活的甜美

Wo Ge Chang Sheng Huo De Tian Mei

人生四题

一、我歌唱生活的甜美

我歌唱明媚　幸福
还有旺盛的生命力
我不能容忍
空虚的感叹词
在勾兑我浓郁的激情

让那些无病的呻吟
苍白的靡音
无力的浅行
娇柔的做作
成为我的所恨
我要用高昂的优美的富于真情的
真唱
展现我对生活的热爱

当蕾无声地绽放
当真诚的喜悦萌芽
当多彩的生活浮现
当痛苦的历程已成为记忆
当高尚的生命流星般自然陨落
我要开始歌咏
生活永恒的甜美

也许苦涩能让我们惊醒
也许疾病能让我们感动
也许苦难能让我们暂时驻行
也许寒冷能让我们更懂得期待与等待
但阳光的普照
总是在黑暗之后的绝望中
蹒跚而至
让我们发人深省地洗涤自己

挂着泪痕的成功呵
是我歌唱中的最强音

二、我看见了平凡人群中的哲人

把不同物什不断地叠加以求平衡
似乎求得的总不是那一声轰隆
那也许没有哭声的场景
让我感到人欲的演绎

那张残肢人灿烂的笑容
让我健康的心灵怦然心动
我屏住呼吸
以免把脆弱的世界伤害

那大汗淋漓的农人
那囊无分文的行者

那喁喁私语的心灵
那朦朦胧胧的醉者
那毫不出众的这一个
那碌碌无为的那一个
我看见了平凡人群中的哲人
密密扎扎地嵌伏在我的周围
让我不停地叼食黄金的哲理

让我不停地品尝生活的真谛
让我把平行于眼前的一座座远山
不断地踩踏在我交替行走的足下

我感激生活的多彩
让我把生命
珍惜起来

三、冬天的清晨，初曦的阳光下，我看见
一位读诗的生意男人

我的眼睛
让我冰冷而畏缩的心情
也花蕾般地绽放出欢乐来

我急促而过的脚步声
不能隔阻那读诗的男人
那宽阔胸腔中欢快跳跃的一只只小鹿
在冲撞着寒冷的晨露

声波一样向四周蔓延

他的关注
也许同他平日里生意场上一样投入
但在这些无言的诗行里
我知道他抠不出半枚硬币
但他黄金的品位
稳稳地沉落于铜垢的嚣市

有着极丰富语言的阳光
轻轻刺穿他浓黑的长发
他细长的睫毛
让脸庞生动起来
我看见我灿烂的笑容
从心底逐渐浮升起来

我再放缓已轻盈的脚步
从他的诗行间飘过
像一阵阵清香
把欢快的氛围以使者的名义
向阳光初袭的清晨的冬天
缓缓释放

四、我的诗行让我感到生活的真实

我用唯物主义的笔触
辩证地诠释

真实的生活
让我的目光深邃起来

用我深邃的思想
透过苍白无言的文字
把生活的一系列表象
悬挂成一幅幅美丽的风景
让热爱生活的人们
感动起来

与我共鸣
人类那种最诚挚的感情
是我浅浅诗行最大的收获
我不停地跋涉
缘于心的感激

让阳光　欢乐和笑声
和着我的喜悦
送给曾经或正在迷惘的
那一双双手　眼睛
和赤裸而行的足呵

让我们吞咽一切的苦难　忧伤失败
还有过错
让他们成为我们坚实的苦涩
对比着我们成长
端正着人生的方向

让我放大
生活的美丽
使我的感动

月

月光斑驳　风景真好
映衬我们切切倾诉的心
影子重叠且温柔

我们徜徉的脚声
把思念和怨愁揉进月光
夜风被吹得很忧伤

但愿月亮一直这样洁亮
我们就可以一直丈量
让心情最终默契
让明天真正开朗

月亮之歌

月亮洁雅
银光闪烁
锃亮的是一些心情

当小屋的灯光依次开放
夜很沉默
暗杀一种竞争
月光弹动
斯文地涂抹如练唇膏
妖娆的是一只金黄纽扣
在风中吹出的颜色尖锐且
无比悦耳

月亮光有时是一种陪衬
一些很平常的言语成了哲学精髓
一些丑陋的眼睛有了温柔的语言
只因为眼睛切割光线
只因为影子隐蔽月亮
中国的很多故事才那么
美丽且忧伤

翻开历史人物的房间
李太白醉眼蒙眬地斜倚在
床上唱古时的月光　歌声嘹亮

震响我们的故乡
还有某人也提着寒风凛冽的
正义之剑　　追迫侵略
那民族之气
也被月光
浸染给我们　　寒光喧大刀
一片苍凉

古时的月亮一直沉默到现在
只因月亮不语
每个生动的情节才会一直开放不止
城市的月亮冷漠且不大被人看重
山乡的银盘低矮且笑为山人暖梦

有些人钱多了

张嘴就谈富有
你个"穷××"
他们的口头禅老是：贫民窟算什么呢？
我们当初……
有钱
使他们很忌讳这个字

钱……

父亲对儿子说
孩子　我们很穷没有家产
孩子回父亲说
是的，爸爸，我们确实没有……
嗯，……铜！

把钱捂紧了无可非议
只是捂得厉害
捂死了人情
捂死了人性
捂住了吝啬的名声
我想
这总不是件好事

有关运动

有关腿的运动
有关手的运动
人被称为动物

一、走

人的心情的交替
反映在形式上
我们走

脚踏实地的刹那
我们的心情获得稳实
而空虚
是我们不断前进的动力和唯一原因

我们走
摆动上肢
像游泳时拨开水珠一样
拂去杂言及冷雨

走错的原因
在领导而不在基层
人的领袖是心

二、跑

当心情激烈时
我们跑

我们的身体前趋
像即将倒塌的墙
而冷面的风
逼迫我们冷静

于是我们气喘吁吁
身体的眼泪倾如雨下

我们擦拭
像擦拭羽毛一样使我们发光和漂亮

我们像裸体的鱼
在水中自由自在光滑地前进
而有些体育运动
是缘于丰富的诱饵

三、跳

遇到障碍时
我们跳跃

像袋鼠一样
我们有时携着家小或问题
蹦着走路
前进或攀缘

而对面的拒绝
有时是水　或者尖石
使我们被唾液淹湿
或者折了腿
只能湿淋淋地生活着
或者斜着走螃蟹的路

四、上升或下降

一切的运动都在使我们

上升或下降

没有真正的平路

我们的运动总是有着目的
和无可奈何
不像电梯　是机械的语言
人的高尚或沉淀
最终受伤的将是心弦

凯歌和哀乐
其实都是一种内心的传真

五、伸

我们的手伸长
便缩短了距离

把你的心可以拉过来
并排
站成朋友
重叠或挤压
使你上当

手的伸长是人的本能
像熟睡后的呵欠一样
有时伸到别人的兜里

或是挠着别人的头皮
手不再是人体的器官
成了社会的工具

六、缩

我们抱肘
护着心脏

毒蛇遍布社会
我们怕被咬了手指
伸出的手归复原位
也需要毅力和胆量
而有些人就伸僵了手
把心脏交给别人

缩回的手可以触摸我们的体温
在无声的社会里
我们正常思索

七、砸

有些道理难以阐述
我们把手勾成问号
扔将过去
让别人也同样思考
为什么

其实拳的交往并非野蛮
像足球一样传递着一种心态
我们必须面对具体的物质
我们砸不疼社会

有时拳解决不了的问题
我们握上铁或者键盘
开始械斗

八、心跳

心跳是我们的内部语言
像内刊一样
是我们的隐私

运动时我们的心跳
绝不示人
像祖传秘方一样
我们在克制或忍耐
过快或过慢的表述
内刊在不断汇报着病情

当我们抓住社会的心跳
社会便成了我们的
当别人掌握了我们的心跳
我们就失去了心跳

九、昂首

昂起首
扬起一种风骨
低下头
背负一种嘲讽

头颅
是人的灯塔
是否戴面膜
是抵抗风沙的方法

头的转动与风向有极大关系
头是吹嘘的工具
头的悲哀是自己的转动
摆脱不了颈
谁是主宰？

十、生长

吃喝玩乐
人的八大系统
是人的生理

人在社会中生长
浅薄与深刻　光滑与丑陋
进取与退却　适应与淘汰
是各种趋势

人的生长不是器官
而是社会辐射下的变异
尖头　三足　四爪　长舌……
使人失去原形
走向奥秘世界

十一、静止

屏气时心跳仍在
那是视觉的虚伪

当心定格在某一台阶
人的身体呈现某个永恒的字体
隽留史册时
我们为静态

像死亡的星星
我们或陨落或燃烧

而失落的一切
附着在下一代的运动上
没有真正的静止

十二、吃

为了生理需要
我们张开嘴

用牙咬噬一切

生的　冷的　软的　可食的

熟的　热的　硬的　不可食的

当牙咬到我们的同类时

他人的牙齿会打碎我们的双眼

吃利时

我们的牙变黑

吃黑时

我们的心在腐败

我们吃到最后

这土地吃我们的骷髅

迎着三月的太阳行走

2010年4月16日，农历三月初三，雨后淡晴，空气宜人。下午4时自学校出发，经土门、竹林关、冀家湾、梁家湾、毕家湾，至武关，行程50余公里。途经金丝大峡谷门口而未入。一路夕阳斜照，余晖透暖。4月19日早于学校作此文。

——题记

迎着三月的太阳行走

粉黄色的油菜花举满了热情的小手
把生活的每一个过程当成一次次短暂的旅途
请记着三月的太阳
总在自己身前身后

像风一样让阳光不停地追逐
迎着三月的太阳行走
碧波粼粼是水的无声的语言
风的作品便在那里被朗读得断断续续
一汪水洇里倒映出太阳红扑扑的笑脸
却是十五岁清纯姑娘的腼腆

当绿色开始将群山逡染
春天也伸出热情奔放的相约之手
迎着三月的太阳行走
你会陶醉在春风里
深深地沉醉于芊草的埋伏

奔走于线索型的柏油马路
赏心的和悦目的不知是谁的一串串银铃
在雨后的春天延伸向一条条涓涓的溪流
迎着三月的太阳行走
让人总疑惑三月的人间
清新的空气缥缈得如幻如仙

季节也妖媚地佩了如雾的面纱
向我轻轻地摩挲醉人的细语

粉蝶和蜜蜂便成了她殷勤的的使者
不停地刺探我喜悦的缘由
迎着三月的太阳行走
我常常便让自己迷失了烦恼和忧愁

悄悄绽开了心中的那份满充希望的憧憬
向轻盈的空气试探着孕育幸福的蕾
快乐的行走着的不仅仅是美丽的风筝
让纯净的心境从此告别冬的死寂的静谧
让成功像岁月一样注定饱满的成熟
迎着三月的太阳行走

烟

人是一截导火索
文明是坚固的护膜
香烟是唯一的明火

吸进欢畅
吐出了毒蛇
盘根错节
四处弹击

朦胧的行者
以为道路本身恍惚

他们不知关上口器

摇落烟蒂

以致一些潇洒的脸

因腿与脚的错误

摔伤

悲惨而沉重

失去了活的力量

酒

酒的透明

是一种高境界的哲学

荒谬至极

那些想尊充渊博与风度的人

以酒为佛

皈拜吸吮精华

不堪一击的原因不是标签

不是人

而是透明的力度

酒文化使一些古人

醉倒出至理名言与绝笔

而今的酒溢飘远香

人皆曰可断肠
（甚至九九归一）

谁的过错呢
酒坦白地显示
人本来的愚蠢
与原始的面目

檐下的心事

将那一抹甜蜜
用心绳穿成记忆
挂在檐下
让风铃风干颗粒

在每次抬头仰望浩瀚的星际时
碰触那一串秘密
不由得在心中重新嚼咀

这是不愿也无法躲避的
悲剧
只缘现在太不如意
因此你路过这里
看一看忧伤的檐下吧
并轻谨地为我祝福

如果走进心里
请不要提及那令人激动的过去
哪怕就这样坐着
遥望檐下的温馨
也是一种
难以企及的美丽

阳光充实每一颗麦粒，使他们
成为动人的诗句

五月　收获的季节
我们雀跃成小孩子
奔跑在成熟的田野
捡拾满地金黄的诗句
我们弯下腰
俯首在母亲的怀里
感激她的赐予

而史诗的长句
早被长辈们的镰刀刈走
在农家的麦场上
在笨拙的劳动工具下
奏响一曲曲古老悠远的吟唱

只留下黝黑厚重的历史厚土
去孕育一个又一个正史之外的经典

幸福的列车开进商洛来

（外一首）

告别穷山恶水贫壤
让商洛系上金腰带
让商洛老区美丽　繁荣起来

浩长雄伟的西宁铁路
让险峻耸立的秦岭温和起来
让蜿蜒曲折的山溪欢唱起来
商洛老区从此步入
新时代市场经济的快车带

让我们的眼睛从此丰富
让我们的口袋从此丰盈
让我们的生活从此蜜甜
让我们的笑容从此灿烂

柿饼　核桃　板栗　油桐
木耳　香菇　花生　中草药
这些掩藏几千年的村姑
也开始装扮起来

进入国内国际的漫游
让商洛和外地串联起来

让商洛和外地串联起来
让商洛融入祖国的大动脉
一列列满载希望与丰收的列车
让秦岭山区活跃起来
让商洛人民激动起来
让千千万万的商洛人
从此开创更美好的未来

奏响新冲刺的号角
开启壮观的设计华章
展开美丽的发展图卷
告别穷山恶水贫壤
让商洛系上金腰带
让商洛老区美丽　繁荣起来

欣闻 12 月 15 日西宁铁路试车通行（2008 年）

在梦中，我感觉已乘上东去的列车

向东　向东　向着太阳升起的地方
我乘着第一辆东去的列车
去寻找商洛人民致富的金钥匙

在梦里　我虽然笑了
但我的神情是沉重的

远离现代交通的商洛
将从此走进科技和信息时代
让资源　技术和工厂紧密接触在商洛山区
让幸福之花开遍山山洼洼

我感到科技的力量在不断充盈着一辆辆列车
驰过城市　越过平原　跨过长江
一直走进我贫瘠的胸膛
我的商洛厚土

那一片满充神奇
又旺盛生长希望的
革命老区

小白瓷碗

如同鼓槌与鼓一样
小白瓷碗是我的命根子

虽然粮食是生命的唯一源泉
但与我关系最为融洽的还是
家中碗橱里那几十个小白瓷碗

小白瓷碗识别我别具天格的嘴唇及心情
我也深谙碗的性格及身貌
哪一只缺了一块牙
哪一只刻了纹身
哪一只久炼成佛肚里印了一字
哪一只性情烈燥哪一只温柔缠绵
我睁眼能听出
闭眼全能摸准

饥饿时想起小白碗
（粮食是从碗里来的吗？）
透过碗的遮掩
看见碗的深层里那双筋凸龟裂的手
拥抱泥土
以泪和汗水
感动了土地的乳房
汁液滴落成生命的子宫

偶尔打碎一只碗
如同折断了碗上的那一座桥梁
我落入水中
用湿漉漉的声音祈祷土地
普度我上岸
重新变成人

有时我把碗顶在头上

让嘴压着我奔波四方
有时我把碗抵在脚尖
想象它腾飞的模样
我可不敢动真格的
因为我才铸了一只半合金铁碗
如果顺水漂流或破碎成片我怎么办

我和碗保持一种艺术关系
用碗鞠了圣洁之水
追求艺术之光

碗　将是我的归宿
为我的生命盛装一切
悲欢离合

乡村的故事

村里的男女老少
都是一捧捧泥土
种植着一株古代玉米

根的历史很久
花蕊飘飘成古时的云
黄澄澄的米粒
被烟黑的嗓子熏苦

有些被人剥掉了
有些被虫蚀烂了
有些被风吸瘪了
有些被吞吃了

风里雨里
原来的芯干
发芽开花
变异成一桩桩奇谈怪闻
拴住人们的嘴
让饥饿无聊的人吃着
吃着
喂活下一代人

故事是一块土地
寄生了众多的梦
故事是一株千年的古树
感觉很忧伤
虽然枝丫遮掩了乡村的苍穹　但它
常想逃出牙齿关闭的门

可山人野蛮的掌声
震骇了故事的情节
散落在美丽的原野
被鸡们鸟们尽情地
俯拾
啼鸣山里的新闻

我们的脚有时也步入城市

我们呼吸的是泥土
我们的语言是泥土
我们的衣食是泥土
我们的身躯是泥土
我们是最朴实的山里人

我们的思绪有时在夜空
穿着压在箱底十六年的那双新布鞋
庄严地走过城市

只因为依偎太近太久
我们对泥土冷落了情绪
想出去走走　学着文明地瞅瞅
坐在城市透明的电光下
想山里的月盘
思衬故乡

我们担心自己相貌很粗
——内涵粗了谁能看出来呢
因此我们老踌躇不敢出走
隔几个月我们向城里射一封信
碰碰城墙
听听繁华的声音

然后抓一把泥土锁进箱里
那是谁也舍不得忘掉的根
叫一声故土呵故土呵
故　土

我的自白

常常无缘无故地叹息
我怕失去你永恒的美丽
而我一切失败的努力
是不是正在与目的慢慢地远离

流连你一往情深如水的双眼
和你睿智狡黠的语言
在不断填充我忧伤的情感
令我难以忘却对你的依恋

并不是不曾有过
在静静的沉思里
我曾经不断地自责
缘于传统道德的禁锢
我们是否已步入禁区走得太远
而心儿的距离却在缩短

我曾多次试曾走出这种无奈

可是不是心底有爱
将我迈出的脚步又一次次移转回来

在我幸福珍藏的记忆里
好像不曾祈求过什么
除了你磁性的表述
将我的仰慕吸附

常在深深长长的夜晚
将你的芳名一遍遍呼唤
不是缘于爱情无私的思念
而是因于城市里心的无依的孤单

让我收起强装欢颜的笑脸
把我的失落向你无私地展览
也许你懒得听我这些无痛的谎言
将你孤傲的目光拧向霓虹灯下的饱满

在虚拟的网络世界里
你是那样的迷恋
让我真想以"痴迷红颜"的名义
捕捉你的"烟雨轻寒"

借我一曲遗忘的菜单
让我将过去重新盘点
在无尽的失意里
让你把我流放到爱的荒原

去守望流转的繁星
一望无际明天的苍茫

我擦拭语言，使它发出智慧之光

我把峥嵘的人生用平仄的语言
打磨平坦
我把坎坷的旅途用动听的歌曲
组合联唱

语言这极富张力的精灵
将你饱满的感情
如精心的描摹托盘而出
以它细腻的面孔
将你心情的每一寸肌肤
尽情地展现

文字　这极具吸引的符号
让人泄露眼神之外的表情
语言的跳跃
使我们的运动不限于心跳

语言苍白的表象
使一些简单的大脑忽略了它的威力
击垮一些意志和信念的

往往不是以牛顿为单位的力
而是致命的文字

我擦拭语言
使它发出智慧之光
燃烧历史的星空
让月亮一样的意境
光耀空灵起来

让语言风动
拂去史册上的尘埃

糖与盐

糖与盐的透明
都是一种高层次的虚伪
透明得令人怀疑

神经是一些饥饿的嘴
糖和盐充塞索肠
人体中毒
糖的面目使人轻狂
甜蜜的内涵溢于言表
忘记了忧伤　言且行乐
而真正在心里

是那种黏黏糊糊欲吐难清的
裸伤

盐是海的眼泪
有大海的波动
盐使人体的海洋——血压
时而高涨　时而落汐
于是产生盐度表捆于手上
让人清楚地看见
刺目的惊慌

辣　子

辣子形状如同三棱刮刀
辣子的种子如同古人的黑砂响器
辣子的禾苗绿的令人麻痹
（以为温柔　亭亭玉立的概念
如此简单）

因此使一些嘴巴上当
辣子的尖利刺破
人的胃壁肚肠直达心底
翻涌出深藏的隐秘
有些皮肤就分泌辣子的泪滴

血的颜色使它深刻

成了餐厅里桌子正中的

一碟中国

传统

还有中国民间檐下的

一串

历史

十七岁的英子

在十七岁的春天

我想起采花的英子

英子六岁那年

在群鸟喧哗的绿森林里

折了两枚柳叶

装饰成眉毛

英子有两颗灵莹莹的绿葡萄

嫩嫩的英子圆圆的英子的脸

被桃花点燃

英子走在春天铺就的路上

洒下一片欢乐

火红的身影刁难灵巧的狐狸

英子　常和云莺说悄悄话

我看见绿色的圆舞曲
盈满英子的胸膛
英子一脸的庄严

英子十六岁考上大学
十七岁的英子在枝头左顾右盼
四处辐绽娇艳

十七岁正值少年
在十八个春天的问候下
英子也许还去折青
愿善良的人们和我一样
来祝福英子十八岁的春天

纱　巾

纱巾如网的眼睛
定格所有觊觎的目光

一种丧失语言功能的修辞
一如冰冷的黑炭
在标签着夸张

凭自我感觉来装饰

也许是最美丽的
纱巾的力量
使脸丰富与充实

平面的脸很单调
需要平庸的丝的语言来
渲染层次　皴染明暗
脸有了伙伴
才不陷于拘谨和尴尬的孤单

高尚与庄严的风度
缥缈的形态诠释了内容
轻盈而近乎虚无

纱巾的朦胧
在或寒或温的风里
飘扬成一种破绽
成为笑柄

纱巾
飘飞一种传说
心事如絮

风的模样

风很潇洒地路过
惊起一声声喝彩

当草木的细手跪拜向一个方向时
那是风慢慢地踱步　接受礼敬
身影沉缓而哲思
然后林叶撕扭纠缠互诉不满
那时的风儿正思绪矛盾

风很轻柔
常爱抚摸人的脸庞
和长长的秀发
在耳旁说着情话

风很调皮
老偷听树林里
虫儿的呢喃
依偎的情语

秋冬天的风
不再是一项自然运动
而是一种隐喻的暗示

风的影子很高

他的躯体无常
而当体大蠢笨的时候
老把身影投射在
某一个地方
成为一种忧伤

让你的人生亮丽起来

（代佳仕洁洗牙美牙店开业贺词）

水那丰富的语言
将和你的牙齿密切交谈
在她的动员下
你黝黑发黄的旧衣衫
被慢慢地褪去

当你刚启朱唇
或嫣然回眸一笑
你的美丽
便翩然脱口而出

清新的口气
使你高雅的形象
凸显出来
皓齿那洁白的语言

字字珠玑　打动心弦
让你的人生丰富起来

让你的成功多起来
让你的微笑更可爱
让你的人生亮丽起来
你将是魅力四射光彩夺目的那一个

请你相约
佳仕洁洗牙美牙店

清洁工人

多少次在凌晨的酷寒中
把我的梦境梳理
让我从此静坐如禅
难以入睡

那沙啦啦作响的扫帚
划过我的思绪
让我感情的海水溅起涟漪

透过厚重而冰冷墙壁的阻挡
我似乎看到你那苍老的喘息
随着劳动工具的挥动而急促绽放

在看不见的夜色里
我看到你那双也许结满老茧的双手
在擦拭着城市的角角落落

你以摒弃甜美梦乡的艰辛
将人们生活的污垢和丑恶
用一下又一下单调的动作
保持着维护着一个城市的
美丽与尊严

我真想打开窗户
看一眼你那张饱经寒暑的形象
我怕在众多的人群中
瞅出你勤劳的身影
更因为在这个寒冷的冬晨
还有几多相似的身影
在大街小巷处延伸

我听见咔嚓咔嚓的车声远去
我知道
晨起的人们快要到了
天将破晓

扑克是人生的一种躲避

我们是一只只腿
自然地拼凑到一块
四只　五只六只　有时三只
就搭城架子
以膝为桌
我们的骨骼不会崩塌
可以昼夜矗立

我们的理想和追求很广泛
玩牌的手也很花样
想过把官瘾来旧式的"升级""争上游"
或轻松的五六个人"吊一下朋友"
看普通的几张脸　一会儿是友谊
一会儿是仇恨
想坐皇位我们来"三五反""五八王"之类的
掀到老王专制
让红五类的旗帜高高飘扬
有时我们也不免来几手"一（夭）零八"
学学李逵或武松之类的
大义

为了钱我们会打开花王将军的场院
无所顾忌地开始"掀牛""干吃干""画鳖"
以及真正精装的长城

有一天我们对真诚及长城充满失望时
我们来几招"bia 牛 x"
然后给自己算命
五十四张牌无非是为了安慰自己
可我们有时被迫烧了又时时想起
五十四个妻子

每颗雨声都是一种倾诉

窗外的雨淅淅沥沥
沥沥淅淅地涨泡思念
淋湿了我的情感

雨帘是一堵无法穿越的墙
无声地切断我凝视的目光
无言的孤独只好伴了我坐听衷情
如雨滴落

就让雨做了红娘
告诉你关于我的肖像
而我唯一确信的是
众雨汇集的浊泪必定淌过你的心房
为我传递你真诚的
内心的呼唤

旅途散记

当眼泪已悄悄地在楣角孕妇
随着列车的抖动而滴落不止
我知道我将远离或接近
虽然不是背井呵
可也算作辞母别妻离子

从我三十二岁的一次远行
不知道已经有了多少
几千里的阻隔
不是路程而是心情
让我禁不住馨然泪下的
不是母亲的孜孜牵挂
而是她无言的沉默
不是妻子唠叨的叮咛
而是她上车前紧握着我的那一双似曾无力的小手
而我害羞在人群众处的那个吻
已被记载了我的最润软处
不是年长岁许的兄长的善诫
是他在列车发动时那几十米的碎跑
随着不停地招摇
不是儿子找不到莽父作业签字的孤单
是他偶然无依的困倦
还有他的只是很多"爸爸爸爸"和"？？？？？"
的信件

当列车每次的停靠
我的心不是离家越远而是
已经更加贴近了门槛
当城市的边缘一次次擦车而过
我多想停驻啊
让我一展风帆
尽管我已不再年轻和俊美

当一座座的短桥
一池池的水塘
一节节的涵洞
一丛丛的绿茵
一段段的风情
一簇簇的农民
一群群的牛羊
一眼眼的高山
一片片的平原
一条条的蜿蜒
一汪汪的美艳
在我浑浊的视野里若无若隐时
我的心在不断地徒增沉重

去那陌生的城市
我需要用生命去打拼
让我曾经卑微而失败的人生
重新用勇气装进

弹出人生的高度

我眩晕
不是列车的颤动
而是我害怕的无边的空虚
未卜的前途比寒冷还要刺骨
我只有紧紧包裹我曾经梦过的理想
让人看不到我的裸伤

在那些貌似喧哗和奢靡的城市
有多少的富贵繁华都挂着泪水
有多少的高朋豪宴都在无声叹息
有多少孤单凄零的心灵在苦苦挣扎
有多少迷失的游子找不到回家的方向
有多少的财富在失却最基本的廉耻

在那些灯红酒绿的街巷深处
有多少无耻正以庄严的道貌岸然出现
有多少黑暗的灵魂在无尽地盘剥远离家的汉子
有多少所谓的企业在强盗式的窃取你困顿的劳动
有多少美称为业主的兽类在疯狂于资本家的血腥
资金积累
有多少苛求于选聘女婿式的招聘只是在无偿利用
你的试用劳动
有多少无边的泪痕没有去擦拭就又是泪如滂沱
还有多少无奈辛酸的场景我无法用笨拙的笔端表
白

算了吧
还是让我装作无知的郁闷
用一颗愚昧执顽的善良
整理好长吁短嗟的心态
以沉静的形容去面对
一切将是希望的未来

六月，夜深一个人走过广场

炎热盛暑
那个叫夏天的小姑娘
褪去了困燥的午衣
深夜里　我一个人走过高矗着龙驹的广场
静谧着一种隐喻

我听见自己轻盈的步履
摩擦过冰洁的地板
我听见自己轻盈的思想
在匍匐着噬食凉爽
爬动着前行

在东边一隅
隐约传来谁人"红歌"的低吟
让我爽凉的心又热血涌动

在西边一隅
似乎有蝴蝶般的莺莺细语
向我飞舞而来

我在行走中仰视那飞驹的神采
它高昂的头颅好像在向我低声诉说着
中国共产党九十年的奋斗历程
我放缓了脚步
让自己的影子不再压迫广场的静怡

走过了广场
我回首观望
宝驹那莹莹的淡光也在向我伸展
我吞咽了一丝明亮的企愿
走在黝黑的小巷
觉得眼前也有了光芒

明晚　我还要在夜深走过龙驹的广场
在红色里徜徉

寄居城市

在小城里寄居
我们是一只只蜗牛
背负着家当和拖累

还有急于资源共享
接受优质教育的学龄儿童

我们蚯蚓般在小巷边的草丛里穿行
惧怕城市人用硬的皮鞋壳底
把我们的乡下方言搓揉
露出泥土味

我们大碗地饮食
高声的嚷叫与脏话同行
在菜贩与导购员一次次的讥笑中
我们逐渐褪去厚道的本质
学会了卑鄙　尖刻　势利
冷言恶语　漠不关心　麻木不仁

偶尔瞥见乡下的泥腿亲友
我们的热情总是与整理卫生的情绪矛盾
我们的夜梦里
泥土的颜色也慢慢被灰褐色的层楼替代

我们不知
这背叛式的忘祖
是进化还是返原
在喧哗的酒肆里
我们常常以酒洗去我们尘垢的泪水

只有在寥落的星夜

我们的梦想在空无一人的街巷深处
无声地穿行

当夜深
穿过城市的霓虹
钻进阴暗的小巷
高一脚浅一脚地踩踏在泥土路上
或是穴居在泥土的巢里
我们才会高一声低一声地吟唱
激昂的信天游
凄迷的游子吟
和支离破碎的梦想

2003 年 11 月 8 日于丹凤县龙驹中学

火

一

火
如同女孩
是一种无与伦比的幸福
你置于炉边
聆听金属般的爱情
心如烈焰

菲草横生占满草原

火很幼稚
很容易被诱惑
由明亮而变得焦黄
而得意的胜利者
引火烧身

也有把自己托付予火的
对火神皈依投地
图腾膜拜
结果自己被当成一张纸
成了虔诚的贡品
玩火自焚

二

火之外的不是光
是一些空虚的言语
使一些阴谋失去本色

火燃尽时不是泥
是一个感情的缠结
死灰常是谁想起历史
想起圆明园及其他

火无处不在

人是一叶低温的白磷片
当内心之火
超过生命之树梢时
自燃不再是一场火灾那样
简单

谁也没有办法

河边树

在深邃的注视下
跨过一条河
无异于一次超脱
你轻捷的身影抹亮一道水域
影子单纯的闪烁着眼睛
呢喃着神秘

对岸的风很冷落　一棵树
傲岸地写在地上
与水相通的
是深深地藏在心里的情感

缥缈的云飞翔着天空的领域
她的脸庞滞重凝噎
忧郁的歌儿滴落下来

成为树叶苍白的记忆

粉色的丝足支撑了树荫的空虚
氛围暖橙
在滔天海浪的恐吓下
一片朦胧

我等着气候
冷静地击穿粗鲁
让我畅快地游走成鱼
涉岸而上成为蓝色的语言

与你相对

赶海去

一

我们欢呼着　告别花季
来到海边

我们赤足　像风干的鱼儿
吸吮海水

水的冰流使我们

冷却心中的一些杂念
我们为爱情
为海的潮汐
坦裸胸膛
海的呼声在夜里
使人不寐

二

我们的快艇破阅过
许多古老爱情的
序幕和结局
我们流泪叹息

我们冲浪
使自己融进远古的
爱情的汁液
让古老的野性渗入身体
更新我们本来的面目

三

起风了
我们筑的海堤在承受压力
水浪泥石风沙
雷电云雨
生活的苦难叠加而至
我们抵抗

携手共勉

海的哭泣使人松懈
我们不解　相互猜疑

海水咬啮我们的肌肤
我们自蚀
堤在崩溃

四

我们成为一艘破帆的船
没有方向　动力　和希望
我们漂泊
流浪在爱的蓝草原上

没有机遇
让修补爱情的能手
撞到我们面前
没有海洋为我们导航
海鸥只在啁啾的低唱

五

赶海的人群　仍欢呼而至
他们脱下衣服　使草原上的鲜花开放

万帆竞发

茶

一

在中国　提起茶
如同提起酒文化以及
太监　麻将一样
但比鸦片光荣

那些头插鸟羽的
大到茶水肚里撑船
小到芝麻
均有几副盖碗
几本茶经

取一只老瓷青花盖碗
放一撮 ** 清茶
读历史的味道
尝古人的胡子
吻古人的舌头
有的甚至　也称醉了
走古人官的八字

二

茶叶有毒
烟叶有毒

因此品茶时点一支烟
便麻痹了思想
时间之鱼被咽下肚了
涨疼
如同女人妊娠时的痉挛

茶是一种催化剂
在现代的夜晚
容易使人勾起往事
茶是一串鱼钩
叶是情感的船

三

我的爱情之火是一枚瘪茶
苦涩而多汁

干

没有野性如火的
水女孩予我以
土壤和温度

我的茶不能开花

步履小生

铭记母亲一针又一针的嘱咐
从脚底升腾起阵阵季节的暖流
不是丑角而是名角
步履小生
在城市的各个角落和一些殿堂里
舒展得也很从容

没有黏附泥土
步履小生摆脱不了浓厚的乡土气息
与泥土的敦厚淳朴
在城市的灯红酒绿里
步履有时也许会被染脏
或者被润湿

在夜深
那无声的拼搏者
也许流泪
用心的羽羚将鞋子刷得纤尘不染
周正地穿在脚上
步伐整齐地踏步走
向城市写下一声声奋斗者的自豪：
我们有足够的信心攻打城市

电话费 150 元

桐顺哥呀我久违的亲哥哥呀
亲哥哥
和我通通气真不简单吧
——接线竟挥霍了十八分半
你刚才在忙什么机密事件呢
不是人眼对枪眼吧
哦　和嫂夫人大驾上街去给小家伙买
外表去了　真棒
宝宝很得体　模样还一表人才吧
好　好就妙了

啊　亲爱的哥哥你真好
你的声音很健康
这使我们感到安心
有一时我们都有忧郁感
你的名字比 505 神功元气袋还中用
你亲帖的邮票翻山越岭漂洋过海
熨平了我们思念的波峰波谷
大家真想你啊你前边信上不是说
月把后你回来吧　啊　老哥哥
你说什么

家里的情况？
家里还是你走时的那种黑墙壁破屋檐

老鼠还照常出没于你住过的那个房子
青蛙在夜间还老一套体面且响地漫过天空
星星月亮蝙蝠也没有改变方向
家里的人丁皆大兴旺
还有什么呢?

哦　收成?
今年上半年西伯利亚的飓风太撒娇了
吹走了云雨　干旱围困了山村长达五个月之久
山民惊慌模样枯瘦
那惨状你是可想而知的
山上全是些花白了胡子的嫩树苗
庄稼被当成一种呐喊随风招摇
为土地的伤痕呼号
农民除了上交国粮外
大部分人每顿还可以吃得半块纯面老锅盔

今年全家的命根子就是那 800 多斤
又瘪又瘦又黑的大麦种
四张嘴就这么边叹息着边混日子
入库粮占去了十分之一精品
价钱比那水平线还低
你说什么
——没有办法啊　你还不知道吗?
谁不交就甭想种田了　真惨
另外还得行门入户 400 多斤
昨天谁家结婚今天这儿生小孩今晚明早那里死

老太

众亲如虎
东家二升西家二升升的家里柜子空荡荡
做饭时也敲敲地响了几次
现在社会圆了　人眼三角了
到处找不到四方了
怎么出去混呢

庄稼情况
还不太令人感到心悸
不过有过羞怯
迟迟不肯露头
锄草的时候很多被当场挖出黑五类
就地枪决
玉米种的很少
每公斤才 42 分人民币
实在不如种花生黄豆经济作物啊
我们的经济影响了庄稼
庄稼也被人笑话
红薯的杆子绿起来了
月后你回来就可以掏红薯孙子吃了

个人具体情况?
先说谁呢?
哦，对对，老爸爸

老爸爸是家里的共同语言
是一轮辉煌的太阳
支撑着几多困苦的眼睛
爸爸的咸水沟泪水常滢滢了
由于人家国家文件上说
当年的转正不算重来
爸爸一月只有毛粮外加几十元哄鬼诱饵
可酒量还比年轻时的一半多
家里烟盒空的时候很多
很多次来人了白开水空酒瓶招待不了
就去赊账让那些人在我们心疼的眼皮底下
用很生动的吃相吃光喝净
然后强装笑脸送出门　说客走我不送
收拾残局时常见残烟秽酒于地呻吟
家人也气愤

爸爸你是知道的
为人慷慨大方热情实在
前边办铺子那几年
收税的用个渔网
向个体户身上套
很多人都溜之大吉
可爸爸的热情及信任挂住了网边
也是一个月就是闭门造车也得上缴
80元营业税　50元工商税
90元银行利息　还有
地皮税　人头税　国道捐款　残疾人捐款

希望工程捐款　计划生育捐款　救死扶伤捐款
捐款捐款　如今兴用刀子了
把话削的锐尖铮亮寒光闪闪
架着脖子问你捐不捐少不少真不亚于
勒索
另外乡镇企业要钱　个协要钱
堂而皇之地教育基金要钱　农业税林特税要钱
要钱　要钱
要钱的结果是把门关得紧些
锁子长大了
但钱还是越数越少
少得抵不住国家银行里的那个零头了
关门倒容易
那几万元高帽子压得人头疼是块心病
爸爸老叹息妈妈老叹息我们也叹息
叹息成风使人感到世界冰冷
可冷也没有办法啊
——可怜开门挣点辛苦钱不够笑脸给人家
抹牙缝了
那些人都是抓大头的
时时龇牙咧嘴戴了圆盖帽子来
把门敲得叮咚叮咚响然后吹吹锁孔说
钱　钱在里面叫唤呢
钱　钱在欢迎我们呢
就这样　我们的希望红火了一年终于
失败了并且沉重地被银子击中
赔本使银行里的户头很不顺人眼

爸爸担粪时想起这些打了个趔趄

摔坏了腿

现在想办法致富

见了免费邮寄的致富绝招就抢先索要

如今门路已达几万条可一个条件也不够

才去县城买回了几对荷兰鼠

计算一对三年赚他千把元问题不大

几乎是个天文数字呢

可老鼠大了肚子时

给钱的那个鼠单位鼠骗子跑了天涯

银子梦又坏了老鼠仍吱吱叫

本钱三千多元还是东挖西凑抓烂脸皮

借的呢

很多人冲进公证处找他们理论

先去的人抱走了电视和沙发　还有公文柜　桌子

等爸爸去的时候只剩了一条烂拖把

爸爸说那还没有面子值钱　就让给别人了

回家后老觉得喉咙里有什么给卡住了

我们给掏了掏什么也没有　他说可能是政府吧

掏不出来的

因此爸爸锄草时老踩死或锄掉庄稼

他说是老了　你看像不像呢

山太重了　他一直咳嗽

我们想找些钱送他去医院现代化照一下

他一想起大哥那年三个月就是四千元时

眼睛睁大了吼

我人老了死了没啥　你们也不活了

于是

　　他的床头经常出现安乃近　　止疼片　　还有什么岩
白之类的

　　505 神功元气袋倒是买了一个

　　后来说是买成壮元袋了

　　假的

　　爸爸很希望你回来

　　看一看你军人的气质

　　也学着刚强

　　爸爸的墙已开始摇晃了

　　我们兄弟撑得很吃力

　　家乡的困苦太重

　　你快回来想些办法吧

　　下来呢　　当然是妈妈了

　　妈妈头上的山茶花又开了不少

　　衣服还是很破旧的那些并且显得肥了

　　老茧四处包围她

　　妈的脸很黑

　　这是一种适应

　　——人家隔壁有钱人的热讽冷嘲

　　妈伤心不止一次了

　　于是泪水在脸上开的沟很明亮

　　我们常笑出泪水自我安慰

　　妈妈真的叫辛苦劳作

　　她老做庄稼回来都乏得要命了还要

晒粮食剁叶子喂猪烧水做饭炒菜
饭好了她还得喂她照看的我们兄弟几个的
三个小崽子
饭香诱惑的结果是
妈妈得了胃下垂
四肢有时困疼　心悸心烦心疼
中药以及那个早已熏黑全身的大搪瓷缸子
是妈妈手中的常物
喝那黑药水时你没见哪
也没有放糖
妈喝一口就苦愁半天还拧向我们笑笑说
真甜　身体好多了
然后就私下地叹息说浑身疼痛
我们就这样流泪了
常从书上看些老处方熬草药
那次用鸡蛋煮何首乌时
妈妈从我这里学会了文火武火两个词
偶尔提起它们妈也会笑几秒
然后我们大家都沉默的
束手无策
妈有次中午洗衣服时昏在衣服堆里找不到了
后来睡了十几天吐了不敢说的令人震惊的……
我说不下去了我们不说了好不好

按年龄大小排吧
下来就是分开了的大哥二哥
你是二哥你肯定知道自己的

大哥也跟夫人学出师了
联合起来对付我们
隔三天来一次叮当会
空两天练一回嗓门功
因为我们家里遭人白眼不值钱了
他们便想方设法模仿八国联军
拿我们东西去撑他们的门面
不见的东西个把月后会贴上他们的标签
从我们门前招摇过街
他们目光的滋味很叫人想起
赌徒身上的汗臭
爸爸脾气大说别管让他们搬吧
看到时候把我们也请过去多好啊
后山的瓜秧很长了有瓜娃子了
几天又不见了
连厕所的粪有时也偷偷地趁人不在
去他的麻地里服役
更甚的是他们见不得我们手中的锄头练静气功
否则就是什么长痄子头疼脑热干不了活
强迫地请我们去帮忙
帮忙的结果是大忙天他们四肢很优美且
舒服地束之高床数着人家
自由公人一月 500 元的积蓄　遥控电器
而我们的庄稼呢　草长胡子了

三哥　老实忠厚得像一块木头
不可雕也

就因为那年上了职业中学没上重点
没能进入龙门也生爸爸的气
爸爸是个气筒
把气充给别人
自己却常哈哈笑
那个娟娟粉粉也整天在我们家里
小崽子很光滑但调皮得很无奈
三哥和嫂子当面会说我们真好
——比大哥俩强多了
他占了便宜还说我们不帮他的忙
他们说妈年龄大了眼花了
缝纫机被他们搬去说是不让父母操劳孝敬父母了
爸妈都不敢让他们孝敬
怕孝敬出人命后果很尴尬
我们的柴山被占得只剩几根黄拉木了他们说
替我们上山疏林了说得多好听啊
——还是说三哥吧
由于小孩子一次病了山区保健还是一种设想
于是花了三百多元孩子还是很虚弱
想生第三胎
计划生育是干什么吃的
于是　他们就跑了
庄稼成了我们的代名词
爸妈成了一副犁铧上的耕牛
我抽空也去当当农奴
计划生育砸家具抢东西扒房他们很惊慌
把很贵重的东西包括粮食都深挖洞广藏粮

躲起来了
爸爸因此挨了不少乡上区上县上人的白眼
光辉的形象塔倒了
爸爸不会叹息了 叹息声用完了
我们猪圈里吃粮的户口多起来了
肉到时也挂不到我们的牙上
就这 三哥两口还因些小么零碎说些反话
骇的爸妈想把牙打下来往肚子咽
他们生的三胎
依然如初 我们的家是襁褓

姐姐老英子快放假了
大学呀名字好听可如今提倡自费了
她一月的花销和我一月的收入较匹配
漫长得像流水一样的四年啊今年才过了一年
爸爸那六十多元包不住家里花费的一半
烟啦酒啦一次就是几十元
放假了少花钱又多了一张嘴
不是说不想让她回来
哥哥你千万别误解
人多了热闹毕竟还是亲骨肉嘛

妹妹小垭子回来一向了
高一也实行改革放假了
先放假补课再放假
天气很热老师喜欢热天学生睡觉
没人听讲怪轻松

她回来妈有时也笑了
笑声很香当天我们过得很开心

下来就是我了
离家近的下课可以回家吃一顿饭
大哥三哥的事都得有份
他们的黑脸脸白脸脸很滑稽
常用不侍养二老来吓唬我
我一见他们的名字就会条件反射地颤抖
可怜在学校
一月上百十节课鞋都磨损了一半
紧紧巴巴少买些烟多说些好话
少称些茶叶少邮些信
还能赚得百十元
学校很有钱
他们都这样说我也学着这么说
有钱使个别人肥头大耳
走路熟视无睹
说话也柔中带刚话中有话了
我们忍了　贫穷是弱者的象征
教师队伍清白高尚
你也见过这个真理了
可我实践过了不对啊
争官夺利明谋暗斗真多啊
我们的领导很幽默
校长常给会计批条子
会计常给校长数小钱

于是

集体的钱层薄了

有些人的腰肥了

一米八的腰带束不住肚子

暗下里我们常讲"两个没有一个儿子是准"的冷

笑话

我当班主任由于班级管理不佳

使校长失去了奖励丢了颜面

扣了我三个月奖金

发降温费那天每人发了经过三道批发的八瓶饮料

——我们的钱被糖精化成水

用颜料染得酒绿水红的

领导安慰我来了

一口气陪我喝了四瓶

光瓶子共三毛二分钱（比他的一盒茅庐还多）

还吃了十二根软子弹

原装的红公主很温柔

后来说是升我为工会主席

我说年轻轻儿当主席压驼了背说不上妻子

担不了重说不敢当他说真好

以后让你当校长

会计上厕所丢了一只拖鞋

我去捞了一会儿他说给我印章

怪不怪你说怪不怪

前天他问我为何用酒灌醉他

问他要圆坨子呢

还说什么政治阴谋太大

我的预备党员黄了
真冤枉人啊我真想骂啊青天大老爷包文拯
你在哪儿
有时我真想用几块砖头
去碰碰某些人的窗玻璃和头盖骨
可老想起公安监狱下不得手
太悲哀了　我说老哥哥
我们是一条条张大嘴的鱼
时刻等待人家放下诱饵
我们就得安心地吃下倒挂钩

学生很坏
他们到处搞文字游戏
我们的名字从学校发散
像土匪一样潇洒地
爬满山路　车路　树上　房上
甚至学生嘴边的空气里
都是这样子
山里孩子如今开放了
（哎呀　我快要上课了）

别的没有什么事情了吧
路费回来时准备足了没有
哦　你还有事要说呢
部队上怎么了
也是你说的那样难混吗？
是你教会了蚊子

还是蚊子教会了你呢——
你说大声点好不好啊我的老哥哥唡
什么　工资降了
不至于降那么多吧　谁拿去了？
哎呀　你们也有贷款呐
结婚两万元排场的还不够？
好家伙真怕人
媳妇？猪八戒做梦呢
如今只有钱对女孩子有磁性
我们教师低人三等根本不吸引目光了
什么
你不想不来了
不行　爸妈哥姐妹和我等
都盼你回来团圆呢　十二年了
回来不带钱都可以
钱是什么东西呢　我最讨厌了
真的不回来了　啊我的老哥哥呀
这千万不行　听说你存了几万元呢
就这么吝啬吗？
你下定决心不回来了吗？
这就是你打电话的目的？
好吧　权当爸妈没指望你算了
没什么事了吧
那就挂空了

哎　老哥哥　等一等
电话费谁掏呢

话务员向我伸了三次　十五个指头

怕是十五张人头纸了

你让我给你回的电话你付吧

什么？　你没有零钱我还没有整钱呢

怎么　你走了

唉　你真狠心

一百五十元出卖了你

什么　你根本没说话全是我说的？

骗人啊　老哥哥

我会自己说给自己听吗？

谁叫你问我呢？

桐顺哥啊　我的 150 元钱呢？

1992.　2.3 草于白羊关

1992.7.17 改于白阳关

1993.　1.13 抄于白羊关

赠秦文友

在月升月落后霓虹灯的映衬下

我的孤单更有一层传统的伤感

我的思绪在叫卖着春天无言的呐喊

泪水也凝结成一条条思念的锁链

锁不住羁荡不止的绪念

在火车那粗犷的叫嚣中
一声声呼唤　一步步走远
我们深一脚浅一脚踉跄的步履
在海风轻拂的夜深写下一段段蜿蜒的情书
向城市的梦境诉说那亘古不变的眷恋

城市没有回应
她用她那巨大无情的磁场
将我们浅白的激情吸附
而那些凌晨的清洁工
正用他们辛勤的劳动
将我们的宣言污垢一般地洗涤

洁净的城市在一天天美丽
靓丽的倩影在一天天滋长
在看不见忧伤的深渊里
我的伤疤在时刻地扩张
像一张张无形的巨口
将我无言的失望
一片片　一片片
一片片记忆般的珍藏

读　夜

静夜里倾听自然的声音
思绪如海浪一般
频涌激越
分不清众多的语言
那一种是最纯正的合奏
如同无数个星星
谁个滥竽充数

感悟人生的时刻
是子夜十二点整
世界依然很静
可正如此创造奇迹

断想（三章）

光与热
是冬天趋重的话题

炭

炭是木材最后固守的语言
燃烧思念

是谁的星星之爱
将我的思绪诱惑
我伸展着四肢
丰富着火的想象
爆裂的文字珠玑
击伤谁无望的眼睛

当炭窒息成苍白的颓废
爱也成为最后的季风
散落
熊熊之火
是否在人的心里辐射着
胜利的凯歌

光与影

影成为光最轻易的阻挡与骗局
只因为光的直率与静止

而人的驱动
赋予光活跃的手法
书写众多峥嵘的透视
追随影的人群
似乎还并不寥落

光单薄的力量
撕不裂黑暗的冷峻

吞噬了光的世界
重返原始的混沌

光是追随的主题
明亮几多被污秽蒙蔽的
足向

衣饰

太多的无奈
我们紧裹自己的祝福

心灵之间的隔膜
穿不透交流的眼神
我们武装自己
以精神为领袖修建一座座城堡
冰冷骨骼的现代化城堡
没有护城河
冷是唯一的弹火

模拟自然
我们在远离整个世界

让清醇的酒香从此成为我一抹
殷色的记忆

——代戒酒令

当美酒邂逅到胃
也许你的心会醉

一

当细腻如缎的清冽抚慰过光滑的胃壁
你会觉得整个世界都会幻化得那么渺小和轻微
在这个曾经浑浊和污秽不堪的社会里
也许唯有透明的酒的语言才会让你感觉
空气的清新和生活的真实

在酒那轻微的喘息里
清香是她透明语言的气息
让时光无忆的流淌
让甜蜜和不幸　满足与失意
相遇在无法晶莹的胃里

让沉默无语的酒杯
承载太多残缺不全的絮语
那一饮而尽的口器
也许静谧　也许滔滔
也许红牙　也许利齿

也许是别人的眼神
就让你吞咽了那一份秘密

如果再有一串香烟袅袅的辅佐
生活的困倦和劳顿
就会显得是那么的轻渺和不堪一击
那些琐碎的细密的情愫
也被荡起的圆圈无尽地放大到无限
因此有些钝厚的胃膜
就奢爱那一缕缕微醺的风味

有人说
酒饮微醉　花赏半开
可当李太白斗酒诗百篇
举杯邀明月　对影成三人的豪迈气概
当苏学士大醉兼怀子由的
但愿人长久　千里共婵娟的普仁意境
月光一样铺满相思的坦途
很多酣畅淋漓的大醉
也就不需要再多苍白的辩解和理由

当岳飞的饥餐胡虏肉　渴饮匈奴血的英雄情操
成为一抹殷色的壮烈
和大写的激昂
当醉能同其饮　醒能著以文者的欧阳修
醉倒出先天下之忧而忧　后天下之乐而乐的千古
名句

当毛润之的问讯吴刚何所有　吴刚捧出桂花酒的

满足与尊享　失意与思恋　悲切与心碎

岂是冷彻的酒之外的任何一物所能抚慰与倾诉得

了的？

有人说

额头上的汗和眉毛下的泪

都是脑子曾经进的水

其实　那些清澈的人体语言的水

正是长期蕴藏在内心的自酿的酒的

惆怅与激情啊

二

在古铜色遥远的摇篮记趣里

趔趄的孩童因偷食大人的粗粮陈酿

而醉卧于古老木门后的笑趣

皮顽的稚子贪饮酿酒泉落处的涓流

倾吐于那一丛斜卧的麦秸

宠溺于粗狂父辈眥须下摩挲而浅尝的那一盅盅明

月

使自己醉倒了次日的朝阳

至今都像一轮轮回旋的秋千

荡漾在记忆的深潭

那些书生意气　挥斥方遒

情牵梦绕　一醉方休

欲醉还饮　醉死梦生的蒙太奇
早被镌刻成声声蝉鸣
一片片聒聒于永不消失的尘埃

在杯盏交错红灯绿酒的街巷和酒肆里
有多少的梦想被怂恿
有多少的失意被放大
有多少英雄被少年辈出
有多少豪杰被沧桑出局
正可谓　廉颇老矣
尚能酒否

捧起古人的酒樽
应邀照彻古时的明月
品古人的诗句
嚼古人的舌头
何尝不是畅流千年亘古不变的
中华酒文化吗？

三

使一些饮者无意失足的唯一原因
不是酒的浓度与厚度
而是酒那近乎虚假的透明

一些歪斜身影的微醺
总是以酒使的名义

诠释一处处莫名的不解

在透明语言的熨帖　抓揉　掀动后

一切踉跄的脚步

便在宁馨空旷的地面上横写下

谁也读不懂的呓语者的诗篇

有关风情与典故的解读

也被调皮的凤姑娘撕裂

心事如絮

一些细微的过错与细节伤害

在酒精的炙烤下被燃烧成一场场

圆明园式的灾难

止戈

让战争在弓与火药的空隙处不再穿梭

止饮

让心事在唇渴与心悸的联络处不再邂逅

让一次次曾经或无意的约会

失落在高一声低一声的呼喊

罢了罢了　戒了戒了

让那些白的　红的　啤的

就像我们那些红颜知己　梦中情人　紫霞仙子

纷纷离别我们而去

让那些真正纯洁的生命之水

水浴我们憨态的　醉态的　常态的　梦态的肮态的

身影与人生

让历程清洁如水的无色　无味　无质
几千年后的史册呵
就如一张张洁白无瑕的白笺
而那些深深浅浅镌压的模痕
一样会震颤历史的呼吸与星空的苍茫
一遍遍在复制和不停地版印
世俗与高尚

漫天飞舞的笑声都是盈飞在春天的仙子

掬一捧潺泉的清水
抹湿汗渍的红粉脸蛋
吮吸着花粉的馨香气息
于是　一张张盈笑的脸
一抹抹彩色的衣裙
便开成了桃花　杏花　梨花　还有黄色的连翘
于是春的五彩画便在竹林的深处悬挂起来

和着熙熙攘攘的长足
三轮的　四轮的　八轮的　两轮的　步行的
纷纷驻停于迎客的花树前
静观　吸附　喜慕点赞
拍照　评点　流目顾盼

没有一丝的纤手去忍心折枝
都把花儿当成自己的家人那般

花枝伸展的方向
便开放了许多农家小院
土家鱼鱼　手工凉粉　清凉拌面
洋芋糊糊　绿色菜蔬　自制黄酒
馋得蜂蝶都来了
和着漫天盈飞的笑声
盘旋在桃花谷湛蓝的天空

最是那25位美轮美奂的桃花仙子
正在迤逦的桃花丛中一展肢体之外的
青春之美　　激情才艺　　飘飞裙裾
那一串串美协的长枪短炮
那一双双评委醉倒的眼神
便被定格成一帧帧背景的喧闹
原来桃花　也可以被这样来衬托
原来美丽　只有相映相衬才会方显天色

那些许的顾目一盼
跌落了多少花瓣由衷的赞叹
一条条叮咚歌唱的溪流
一簇簇拥抱着的花海
一支支通幽的柏油马路
一线线窄长的小山沟
一翎翎修长的竹丛

便像一截截涂抹了蜂蜜的玉带
缠绕了许多的目　手　足和身影
而那些无法丈量和测绘的笑声
是一只只临风絮飞的彩蝶
任谁也无法束缚的目光
在桃花谷的心房
飞舞成季节的桃花仙子

2016 年 4 月 1 日游竹林关桃花谷札记

地里的玉米苗半人高了

门前地里的玉米苗半人高了
预示着新一轮丰硕的收获即将预约前来
而我们一年年荒芜过的人生呢？
在将要的收获季节能捕捉到什么惊喜

无序浑噩的平庸
无可事事的寂寞和空聊
口口蚕食我们自诩为宝贵的青春
86400 秒珍贵的一天啊
无声无息无成无就的浑然路过
一年一季的庄稼
再给我们现身说法娓娓地讲述
生存和奋斗者的报道

我们已钝然不觉和深刺不痛的内心
涟漪都没有

难道在这个似乎病态的社会
我们也被传染无为了吗？
那些深深浅浅的吟唱
那些奋发向上的榜样
那些朝气蓬勃的激昂
那些催人奋进的会场呢？
难道都迷失了我前进的方向吗？

地里的玉米苗半人高了
小孩子一样不停地向我问询
我曾经失落的向往和也曾甜蜜的梦想
我什么都丢失殆尽
包括那记忆的深藏

日丽风和的是四季
风调雨顺的是年景
一路无的着流浪的是心吗？
还是那颗曾经热切渴望过人生的
心房吗？

喇叭筒般向季节展示她的美丽
玉米苗儿不语的秀美在诉说着什么
我们向岁月呈现的画卷和书法
难道只能是些杂乱的无奈和章法？

品着银杏写着诗真是种享受的惬意
让我放下我浅白无病呻吟的笔触
去做一些有声有色的琐事
我干瘪的人生行囊
得用奋斗者攫取的果实去填充饱满
让阳光
不要失落一地的热情和寂寞
晒干一层层不满的嘲讽

第六辑

旋转的目光

XuanZhuanDeMuGuang

党啊，那一片片矗天的森林

——庆祝中国共产党成立 90 周年

中国共产党　自公元二十世纪初寒冷的冬天
从土中崛起的蕴含了很久很久的嫩芽
她巨大的力量钻透了漆黑沉重寒冷的笼罩
给苦难的旧中国带来一束光亮

党啊　她在风里雨里成长
在深深的地下她吸吮着无数
被刽子手的残忍划出的　流出的　淌下的
革命者的鲜血
终于撕破沉重似铁的黑色的天空
让新中国明朗的太阳光耀东方
成长一片片矗天的森林

党啊　您坚强地站着
充实着九百六十万平方公里的每一处土壤
党啊　您无私地站着
为中国的十三亿人民抵挡风霜雪雨
党啊　您英武地站着
向世界宣告
中国　古老的东亚
除却黄土高原
除了珠穆朗玛

还有一片片钢筋铁骨矗天的
森　林

祖国愿您更加蓬勃

——庆祝共产党成立 93 周年

祖国　您是一株蓬勃的万年青
杆矗北京
枝伸世界各处
——海外游子是您的片片远叶
在时刻吸吮您的乳汁

祖国　您清晰有力的年轮
六十多载的容颜使您更加健劲
您的根须向东方伸出拥抱的双手
亲切的触觉到宝岛热情的海岸
风儿过处
您的呼啸是一阵阵团结统一的期望

祖国　您的每一条枝丫
都给脚下的土地明确了奋斗的方向
在您的总描述下
中国的改革开放日益深化
民族日趋和谐团结　综合国力不断强大

社会主义市场经济正扬起风帆
这是您心中放飞的无数鸿雁
向世界把中国的喜讯频传

祖国　在阳光照射不透的角落
杂菌也许仍在不停地生长
蛀虫也许还在那儿倔强地繁衍
只要太阳天天旋转
只要啄木鸟时时察看
亲爱的祖国　您不用担心
这些污垢的角落
自它们出现的时刻就注定了
自取灭亡的不安
伤愈后极小疤痕
丝毫不损您娇丽的容颜

伟大的祖国　愿您正直的躯干
在风里雨里丝毫不撼
在雷里霜里毫无惧颜
亲爱的祖国　这是在敬爱的党九十三年华诞
我对您最衷心的祝愿

常青的祖国　愿您更加蓬勃

祖国的呼唤：归来吧，孩子

——写在香港回归祖国一年前之机

香港
我苦命的孩子
首先我请你原谅
在洋人的威吓下
早年怯懦的母亲
把你出卖
做了殖民主义的童养媳

孩子
你是母亲身上的肉啊　是心
这一去　就是一百年啊
一百年里我时刻感到内心空虚
我知道　我的心肝
在外人的欺辱下
正含辛茹苦

一个世纪里　孩子
你养活了多少嘴脸丑恶的公公 ①
你被压迫者的身心
还在怨恨母亲吗?

---

① 公公：指各殖民主义者。

香港　我坚强的孩子
一个世纪里你克服各种凌辱
飞起来了
成了一条小龙①
满身饰着闪亮的鳞片②
你富有　力壮
而母亲的事业正蒸蒸日出
需要你手臂支撑
（你不会嫌母丑吧？）

在祖国改革开放的年代里
我呼唤孩子
像呼唤我那幼时迷路的爱子
为我更加年轻　更加雄壮
而回归故土

归来吧　孩子
我为你设宴洗尘
明年的今天
你将回归我的怀抱
我仍是你生身的慈母
拥抚你

1996.7.1

---

①　小龙：香港被称为"亚洲四小龙"之一。
②　闪光的鳞片：香港被誉为"东方明珠"。

植物的联想（外一）

在滂沱的斜风里
我的羸弱根系
可曾有过无依的心绪
那风铃吹了几千年的主题
是谁企图破译

想我黄绿色的叶片
是否朝向阳光
在和衣饰的比拟上
谁让我更想

枝丫伸展的方向
逆光还是歌唱
在这被移植的城市
我的思绪在飞扬

在地下的触手
在感应着那一份执着的
怀想

飞 鸟

飞鸟的翅膀像一块冰
冷敷着我的想象
煽动着青春的水分和夏季的语言

穿越过灰蒙的空间
她仍能想起巢的方向

她的呼唤
同温度一起升翔

用摩托来展现你的风采

——贺鹏程车行

这已不是飙车时代
但你仍要展现人生的风采

你潇洒而过的身影
溅起一片片金色的赞叹
让感慨的人群
心潮澎湃起来

钱江　　力帆　　大洋
这些名牌的机械
让你的旅途丰富而简单起来
你当然可以缓车人生
但这足以使你回味过去的历程

动起来吧　　朋友
打开你沉默无言的积蓄
或是友情热烈的偿借
让它们滚动起来
来一次动感的征程
在这里　　鹏程将给你定义
与你成长同行

让我真诚美丽的祝福
升华为你满充智慧的行动
来吧　　让我们运动起来
共同奏响人生高昂的旋律

小韩非通间房子

小韩非的通间房子
是我们灵魂的寄托所

一

小韩非那窄长消瘦的脸皮
蒙住颧骨
蓬松的头发　薄薄的嘴唇
都是一种模糊哲学
故而我们叫他小韩非
小韩非语言潇洒幽默
会唱会吼会跳会玩
简直就是玩世的楷模

因为小韩非准备了好多藤椅
（后来我们才意识到这实际上只是一个借口）
故而我们常聚会这儿

二

我们常聚会那里
打牌　跳舞　下棋　议论　发牢骚
我们涉猎很广
如渊博的外星人

我们把纸牌打的能发出一种骰子的气味
一二四毛让一些人眼红
为我们叹叹气
我们不在乎
打我们的花王牌
让别人磨牙去吧

我们跳舞时序曲很优良
圆舞曲　小二步　探戈花蕾
式样很多　动作多属创作
然后我们去双人舞乐园游玩
肢体的冲突
是我们每次不欢而散的缘由

可我们仍旧去那儿
骂领导的名字　揭领导的黑疤
烧领导的木交椅
我们肆无忌惮
因为窗子是开着的
电棒是亮的
而门是抵死的

在偶尔开会乌七八糟集体活动的时候
我们下棋　奏唱信天游之类的
（醉翁之意不在酒
而在乎声）
我们把棋子扔得惊天动地
一颗一颗地往鼠洞里投
然后领导来敲门警告
我们万分镇静　丝毫不怕
然后他说要罚款
我们慌了
钱

是好东西　对他老人家千万不敢过意不去
于是我们这些战败的俘虏
一个个投降出场

三

在全体职工会议上
我们死囚一般站成一行
低着头听人祷告披露
暗自咬牙　得意
批判会足有 80 分钟
（我们都几乎上了两次厕所
我们枯萎的头颅都慢慢
不知不觉地上扬了）
结果（人家写了 27 页半　大意是）
小韩非调离通间房子
没收象棋扑克
和笑声

我们成了戳在钉子上的皮球
焉了

四

我们不服
偶尔对领导者呶呶嘴
瞪些杀人般的眼
看领导很狼狈地拉紧第二颗

纽扣处的衣服
我们笑了

不想往他窗子上贴砖头
（只是狠命地拉他的脚趾头
使他感到后腿很重）

我们理解了忠言　表现得很听话
不再聚会
只是贼一样　单个地去安慰小韩非
我们不唱哀乐
我们稍微成熟了
在路过那间房子时
会不由而然地停驻那么一会儿
不是默哀是依恋
有时我们很后悔
这只是有时
为了小韩非

再后来小韩非被塞走了
他很笑的让我们慎重
他说领导罚款也不会这么高兴
我们的心在流泪

我们失去了大脑乱了套
我们很无奈
常被人逼迫的

因为美丽

不再想起这悲惨的闹剧
只是有时提及房子时
才想起可怜的小韩非
可恨的该入土领导
以及我们那时
年轻的
风采

无　题

在淅淅沥沥的雨声中
激情的情感蒿草一样疯长
是谁一次次热切的呼唤
让我失却一串串聆听的欲望

扼杀在心田里的
最是那挚爱的一朵
让她飘零在无序的风里
随心境起伏
缘起缘落

无题（四首）

一

远离人群那温柔的泪水
上升到无限的高度
寒冷的颜色冷却一种透明
山一样矗立
石化成一种忧伤
径自繁衍
斜倚在记忆深处

白天掠飞过的那一只鸽子
云想覆盖的只是一种虚妄的努力
生发深层次的追求
处处只会很艰难的碰壁
有很多声音在低声呼唤
人影子了　人影单薄
家在何处　家朝何方？

二

人们都议论生活　其实
生的真正意义
自从语言的襁褓打开之时
古往今来的流水

谁也没有被浪至岸边
无可奈何
死去的难道只是人生如梦

留下的似乎很多
取开定义的那一部分
丹红的依然是
心吗？
照彻历史的黑暗
汗颜的不仅是任何一代　而
青春已将离我们而去

三

白色的布景悬挂一种境界
日久天长积众的目光
依旧使它那么清纯吗？
山只是一种雄伟的背景
尽力一种影响

黄去的不只是墙上那一份青春
河水呜咽不止的声弦
入了谁甜蜜的梦
海一样浩渺　会不会
流失了方向呢

欲望的水永不会满足

穷匮的感情支付不了前途的昂贵
千山万水不再是一个个长途
里程碑才是边缘的风景
目光远眺发现河流离我们依然很远

更在那地平线以外
上升任何高度都会有
新的题目等待我们
层层的跋涉
楼梯是走过的路

四

安静的日子已经很少了
能坐下来静静心就很不错了
催命的节奏使人层皮蜕尽
眉毛的遮挡是一种错误吗？
折去的不只是年轻的心
腰围渐渐放宽
事逝景迁的荒凉
权谋着生的辉煌
贵如黄金

使幽叹的声音走出无力
我不再感到自己的神秘
不能够驾驭自己的悲剧
得不到太阳的温暖

开心的钥匙呢？
心境开化的一刹那
颜色千彩万象

无题（二）

眼睛　足可以表现一个人的灵魂

一

你明亮的眼睛
划亮我前途的黑暗
你的眸子
幻化成我最成功时的
那一种喜悦

你明亮的语言
映破我忧伤的空虚
我住在明亮的帐篷
阳光穿透过来
我的心情一片啁啾

二

你的皓齿
是我明亮的星星
在夜里

夜莺的语言

你洁白的脸庞
是我头顶的太阳
在地球的各个角落
只要我行走
我的太阳就是舞台的
照明
让我感触温暖

三

我的前途因了你
已铺满了金色

相约华夏保险

请同我的呼吸一同成长
否则不要企望风雨之后我会
从天而降到你身旁

我强壮的力量
源于您奉献的呵护
在坎坷人生路上
我送你一根精铸的拐杖

不苟求意外的回报
但愿一路的顺风
语言无法抚平的大浪
让我们共同打造一艘航母
载你一次次人生的远航

今天你绿的希望
会成长成明天的太阳
让你的泥泞
让你阴霾的天气
和你成为永远的别离

相约华夏保险
投入爱心
收获不悔的明天

我的烟很有人缘

1 毛 7 两支的劣质高焦香烟
使我的房子整天高朋满座

我的相貌丑陋
我的素质差极
我的口才拙劣
我的衣着陈朴

就这么来了很多人教我
成才

烟酒放在桌子上
不用拆封不用谦让
他们自己动手
鸦片上瘾一样他们吸得很急
有时咳嗽得令人几乎替他们
怜悯

他们又烧又灌
几壶水算了什么
（反正每月有 5 块钱的茶水费呢）
生理需要调节了
抽一根衔上
彼此背个台词
茅厕里尿声便欢唱了起来

有些人很慷慨
把烟蒂归还
走后我会慢慢地清理遗物
数数烟把
看谁还把烟头带了去

吸！

然后我再摸出整合的毒药

等着下一轮进攻的开始

一天几盒的本钱
我被评了先进
我被传说包围
我被云雾弥漫
似过路云仙

题某照片（一）

在山的胸膛上
我们感到了自然的浩博

我们听见大山的呼吸
沉重而有力

让歌声带着菲薄
去探索秘密

题某照片（二）

一

自然被折断乳房坐观欣赏
艺术的声音静谧且尘封已久
金钱站在视野之外冷漠观看
暗自窃笑

二

艺术之声失去弦震尘封已久

自然之美被折断乳房
黯然忧伤

金钱藏在视野之外
站在时间之外
暗自窃笑

我爱《星期天》

是谁紧随我走到海角天边
是谁不离不弃永扶我把我陪伴
是谁为我赶走寂寞平添喜欢

是谁开阔我眼界　把世界向我展现
陕西日报主办的《星期天》

同仁热汗滚成海
读者支持急盼见
十载不负众人愿
捧回首家五星冠
知识消遣相映趣
胜过与君十席谈

啊　星期天
你雅俗共赏　你老少咸宜
尽管我因你而失去了多少这样的夜晚
在黄昏的散步
在热闹的影院
在和睦的饭桌
在宁静的睡眠
啊　星期天
你立足三秦　面向全国
尽管我因你而耽误了这样的白天
陪家人聊天
伴妻儿游玩
上班被你牵挂
下班一坐半天

啊　星期天
愿你不断拓展越办越好

因为你
一切我不遗憾
之所以选择了你
是因此生有缘
此生有缘
今生永相伴

庆祝《星期天》报创刊十周年（1994 年，歌词）

山村冬景素描

坎坎伐柴的响声
越过峻深的
已凋零宣言的树的高枝
在水瘦山寒的冬天
形成猎猎的东风的呼叫
共鸣于各处的山谷

鸡们在悠闲的绅士的踱步里
傲慢地叼食一个个乡村人的梦想
与派生出来的传说
然后风扬

加工面粉的机器
在欢唱春天节气的序曲

人们用吊面　油馍　还有新鲜的土家大肉
来供奉新的伊始

黑炭
是唯一告别了烟熏与火燎的
温暖
（因为它在形成过程中已备受煅焚）
满盛于穿行而过的汉子肩头的背篓里

唯一繁华的
是镇子供销社的透明柜台前
叽喳着一群群花花绿绿的蝴蝶的希望
在选购漂亮的羽饰
和憧憬

冷清的黄土毛路
延伸向国道线
几辆零落的自行车
是五线谱上偶尔区别于静弦的
冷音

山村没有低于零度的温度计
山人的面孔洋溢着热情
融开每个人向往的足迹

如今盛行小名字

只因为那位名人
（已经忘了到底是不是平娃）
用了小名字包装自己
名牌陡然成为商标

人们纷纷翻箱倒柜
掀开线状老书
拆开褓褓包裹
——寻找自己当初的小名字

有人返老还童
重编一个花篮般的动听小名字
有人几个小名字横飞

街上盛行乳香的小孩子
二蛋　三喜　四娃　大头　老种　五魁　七巧
蛤娃　木犊　闷子　狗剩　猪嘴　驴亲　牛球

山村成了名叫"孩儿村"
孩儿村永远飞溢小孩子的名字
老孩子的外形

如果想当领导

先把棋下好
不要由于每次拼搏
卒子都让你几招

另外很多
但都是些琐事一盘
茶杯上吹水的姿势
口型风的力度，焦点啦
刷高级鞋油以及搽的方式要别于刷牙
穿的头尖四平八稳皮鞋啦
看报纸时太阳镜的戴法啦
让目光微含尖利和慈善啦
会说宽心话
会把一句话绕之千里用十种意思表达
会讲大话空话鼓动话迎奉的话
会走领导的路迈官的八字

而想当领导的办法是
进化成四肢袋鼠
装了吃喝贴舔坑溜奸
一蹦三跳
露出领导的笑

最后一条

保密意识要强
这是绝招
莫外传

轻重有别

——有感于某些大官自诩

大人物与小卒儿的区别很多
连体重也相差天壤

大人物天生栋梁材
一根脚肢头
都举足超重　重于泰山
说出一个字也
一诺千金

小人物　轻如鸿毛
连两轮轻便的单车
也要载动七八个

为了生态平衡
大人物才那么
物稀为贵的
站在凡人头上

那人门上的拴马桩和日渐
消瘦的马槽

一高一低
木质的与石质的谐和音键
拴住了那些驰骋千里的
马哟
数十年来
它们一直不停蹄地
飞奔在一代又一代人的
心中

缰绳的痕迹频遭目击日渐深刻
槽的形象数经风雨日渐肤浅
（只要能肤浅
都表明它曾经怎样深刻）

夜里走过这使历史闪光
焦灼人心的地土
隐约听见马蹄在嘚嘚地
拨响沉重的历史之鼓

马的喘息使人激动不已
扬起地上的尘土
马的影子
骠骏而腾空
倘若月色朦胧

扑罩静物　一片肃庄

槽屑在夜风中纷飞
如同众马的滴滴血汗
深深地沁入泥土
那雄壮的嘶吼
越过历史的路牌
尖锐悠扬的震颤史册
震颤每一颗年轻的心

马群啊
那些当年肩负中国红色之箭
的灵牲啊
在黑色的长夜里拉开
五万万七千万人的抗争帷幕
殷红的马身
滴着千万烈士的英名
马儿过处阳光一片黄金
在此栓下不屈不挠的历史
诱惑人心

农民的血汗真不简单

没有人　是季节的意向
嘱咐农民应付一张张口

牙的裂痕使人很自然地哀伤
生命仅以物质维系么？

负担　卸去了多少个砝码和
无数个鞋样　农民们身轻了
一阵　激动的泪水欢呼成
汹涌涛声：祖国圣明

而绳索 29 条　脸上的皱纹神经质地抽动
农民感觉白天时被蚊瘟叮去一口
没法掩饰的心疼
流行人的眼睛

汗水　咸化的风没有办法
堵实那些关于 29 外的
暗箭　一如既往地深入
撕啮粮仓的声音
从各个阶层下落
击中金黄

慢慢地，我一个个把网友全都删掉

走出那伤心的依赖
是需要一份心灵独立的勇气

曾有些已经逝去的日子
我是那么渴望在 QQ 上与你对视
整天　甚至无时无刻
我知道自己曾是患上聊天依赖症的另类
我只渴求看见你的图标亮起
想说些什么自己并不知晓

我不渴求网恋
因为我没有资本
没有与你随时 QQ 相见的时间　空间和 money
我只想让你成为我的网络知己
而不是成为我的梦中红颜
这来自天南海北陌生人的熟悉的支持
曾经给了我多少的力量
让我有时觉得太阳的温度也不再炽热

不知何时通过何种方式何种形式
你把我的姓名　电话号码以及我的工作地址　出
生年月
全都无误地知晓
而我对你却一无所知
包括性别　包括姓氏　包括年龄　包括一切
我暴露在你的明朗里
你隐藏在我的黑暗里

就像藏在月亮之后的那些星星
其实总似乎在隐着身

发出冷冷的光芒

直到有一天
我无意或是刻意的语言将你
无意或刻意的伤害
于是被激怒的你终于
厌倦起了我的无聊

我知道自己的诚心
不知道自己是否真正无聊
但我总是下意识地将你立刻拖入我的黑名单
让你永远在我的黑暗里
孤独地闪亮

于是好友里的灯光渐渐地少了
我的路就渐渐窄了
那些永远不再闪亮在我眼中的图标
不知又将闪亮在谁的窗口
而那些永远灰暗在我好友里的图标
似乎在对我予以什么嘲讽

慢慢地，我会把好友一个个删掉
把你们删到我的记忆里
让我恢复以往简单的孤独
寂寞的快乐
我不愿有人无穷尽地误解我
中伤我

让我对着空屏
和自己的内心聊天
在自己感情的海洋深处理性的游弋

伴了我一年半的ＱＱ
就这样将要趋于沉默
沉默于不喜欢游戏人间的兴趣里
沉默于灵动的指间
如果有一天再听见你的名号
我也会从容地无动于衷
就像拂过耳畔的一缕清风

让我想起
滚滚红尘
十里长亭

绿色的桥

友谊装进信封
传递那友情的桥墩
原来负重千斤

把嘱托记在心间
山野荒沟你双脚踏遍

悲伤　你诚心慰劝
喜悦　你忠挚铺垫
身上的和平服
渲染这僻远山巅

一年三百六十五天
有你三百六十五个日月的挂念
一天二十四小时
有你二十四小时的忧欢

几十里的山路你跋涉生风
几十斤的邮包你小心轻送
山里人渴求的一切信息
世界天地你热情地捎去
你创新了一个山外世界啊
你主宰了山人的精神乐园

你橄榄绿的宣言
支撑多少山里人的信念！

和平鸽
你飞的多么矫健！

领　导

办公时间
他们打牌下棋行令
娱乐
不为犯纪　是工作需要
因为他们是领导
带的是正头办的是公事

倘若小卒子狂欢忘了领导的影子
那可糟糕
批你图谋不轨批评你落后表现
扣你奖金通报点名
他们很乐意这样干
哪管世交新亲

这就是领导
板板六十四眼
道貌岸然

观秦兵马俑

怀想青春的辉煌
一如那狂勇的战马

刀光剑影中
你真想跪倒大哭一场
洗刷满身流言的创伤
与残酷

悲剧是让你缺肢断臂
那么无情地站着
让人从容的自你忧伤的眼角
自你血污的战袍盔甲
窥探你往日的隐私

而你无言的愤怒
似乎正默认着什么

你应当伸出拳头
把历史砸碎
昭示一厘一毫的
实情

赋古都西安

让四轮马车走进博物馆的橱窗
让思绪滚过历史的胸腔
以现代化的文明

恢还丝绸之路

繁华
（众呼的人群及如潮的市声）
为你雕绣一只古城的金凰
鲜艳的旗裾
风展四方

让古长安焕发容颜
蓬勃现代化都市的呐喊
让巨多欢烈的激情
辐绽一枝奇葩之花

傍晚，我常溜进会议室

把揣摩千遍的官话掷在空中
开始官主持的会议

我时而顿顿嗓子
做官的威严状
时而我摇摇木制的交椅
是否稳固声音是否抑扬顿挫

我不时地拍打那个
印有领导五指的　静穆木块

满腹踌躇

我点上一支烟
逍遥自己
使自己尊严可敬
我潇洒的刘海
俨然一位明君

然后我咳嗽一声散场
溜出空无一人的会议室
学走官的大步

悲剧之七

关闭我前程的不是哪一扇门
而是无数双手

是谁背叛了道义
使我落魄成这种众叛亲离的境地
我欲高歌空气被窒息
我想号啕泪水也禁滴

张着口我找不着路
只有无情无义的天空
仍死灰般惨淡着脸

看着我步向悬崖
也懒得呼唤

我必将死去无数次……

船

使船前进的不是帆
而是水的语言
风是水的语言
浆深深地拨开水的表皮
贪婪地吸附水的秘密
水那激烈的感情和
柔韧的缠绵
使船前进

航行一次
水的字迹就新版一次
因为水性可以任意组合
因此水的语言
永远清新隽永
使船义无反顾地
行驶在海洋深处

历史之船也就是这样
破铧前进

当现实坐在了梦想的肩膀上

——中电电气感受

〈〈〈CEEG　中电电气
我要用我粗犷浑厚的歌喉
将你的雄壮诵唱
还有你的活力想象力机遇力核心力
随着歌声片片撒播的
阳光一样的思想碎片
是中电的渴求与希望

自 1990 年的镇办工厂
那时就像扬中一样
在中国还不是那么醒目与张扬
嬗变成如今跨地区跨产业跨所有制形式的
宏伟的"新概念""新标准""新名词"巨人
〈〈〈CEEG　中电电气
就像南京一样红遍中国传向世界
中国名牌免检产品　中电时速
这些玫瑰一样绽放的花朵
早已将中电的芬芳四处传扬

光伏科技电力变压器绝缘材料微波仪表
像四根巨柱将中电高高擎起
使中电矗立成一片片耸云的树木
屹立于世界经济强势企业之林

而远见　责任　创新的萌芽
正蓬勃着无尽的生命力
使中电时速已奔跑在时间之前

2003　那不是在春天
在那孕育希望的十二月呵
中电电气挂牌成立
那时孩子般跟跄前行的中电
已经知晓前途的艰辛与困苦
瞄准目标端正方向依靠科技引进人才
如今正值青年的中电
正健步如飞奔走在科技的高速车道

五千多的中电人
用自己热情的工作与晶莹的汗水
凝聚成一盏盏永不熄灭的探照灯
将前行的道路清晰成康庄大道
将中国的每一个角落尽情电靓

真实演绎着传奇神话的中电电气
与世界同行　与巨人同步
我看见阳光正蝴蝶般地
聚集在中电前行的路口
在喧嚣地酝酿又一次的创新与辉煌
中电决策层锐利深邃的目光啊
又将方向指向了新的科技市场
今日的夸父啊　虽已不是步履时代

中电电气　她正走在逐日的路上

一

那不是 1921 年西湖上的一只小船
掀开了中国革命的开端
那是 1990 年的某一天
中国的制造业的海洋上缓缓驶来了一条巨船
无人知晓她的威力
无人知晓她能抵挡海上多大的狂风——
甚至无人知晓她的到来
狂风巨浪中
她狂飙成行业中的一匹黑马
风驰电掣

那些为革命苦苦思虑的革命家们
也许还没有我们的创业者们殚尽思虑
毕竟商场如战场
商场的残酷远远胜过战场呵
在这些没有硝烟与枪炮轰鸣
但到处是埋伏与陷阱的战场
我们最初的那些集团领导
谁没在冷峻的眉额前划上几渠年轮
谁没在勤思的头颅上平添几根银丝
谁又没在几日没眨眼的灯光下苦苦寻索
终于　漫长的冬天过去了
渴望已久的俊俏的春姑娘来了

2003　也许就是岳飞惨遭杀戮的那样肃杀的十二
月
中电电气横空出世
孕育了十二年的殷切期望
像久违的阳光一样使荫翳日久的鲜花缤纷开放
2004　电力变压器　中国著名品牌
这些似曾陌生的朋友
在中电的荣誉牌上团聚在一起
共同烘托中电的蓬勃朝气与旺盛生命力
在他们的招引下
更多的朋友来了

2005 年 9 月 1 日　中电电气集团　中国名牌
产品
十二月九日中电电气集团　国家免检产品
又一次将中电推向科技成功的巅峰
风大我抚静
山高我为峰
中电　让世界注视传奇神话在中国的诞生

于是　2005 年 10 月 22 日——
这个值得每位中电人铭记的日子和时刻
温总理从北京来了
来到这片曾经被日本侵略者凌辱至深的焦土
他看到了中电这璀璨的光芒

他将陆总的手紧紧攥在中国发展的高度上
挥毫书写
"把中国企业自主创新进行到底"
中电电气　电靓中国
于是　春天的故事在古老的南京
旋律般地荡漾

让我们把蒙太奇的镜头再拉回过去
也许领导们更不能忘却的记忆
是美国的杜邦　　DSI 公司
还有德国的 KME 公司　德里施尔
法国施耐德　武汉钢铁
还有中国工商　　中国招商……
也许　让他们引以为豪的
还有 2004 年 10 月 8 日
南京中电光伏奠基
2006 年　光伏产业产值十五亿
陆廷秀　赵建华
两位巨人的合作
使智本与资本的嫁接
在中国造成一次相当重量级的震撼

科技创造奇迹　绿色造福社会
扬中基地　南京科技园
世界广阔原野
让我们那放足的黑马尽情驰骋
创意　绿色　国际化的中电电气

让生逢精彩时代的勇士们高呼
让全球化浪潮来得更猛烈些吧

中电制造　中电制造　中电制造
载人航天工程　探月工程　长江三峡工程
黄河小浪底工程　北京长安街　广州白云机场
深圳会展中心　苏州世遗会　亚洲风云系列卫星
研制基地
中电电气　用一流的品质
不断实现着产业报国的企业承诺
那不是岳飞"精忠报国"的历史
那连续五年的经济翻番——
将世界太阳电池光转化率刷新
让世界强者刮目相看

在季节已萌浓郁春意的三月
中电更蓄万里喷薄之势
蝶儿枝头闹亥春
电气群雄舞欢欣
春至万里花竞秀
时值中电履辉煌
中电　注定以跨越科技的时速
向 2007 年世界经济舞台的聚焦灯下
迈出刚健的步伐

二

SG10 型非包封　　SGR 半包封
SRN 耐高温液浸式　　SRN—M.D 地下式
矿用隔爆干式变压等系列变压器
NOMEX 绝缘材料　　光伏太阳能电池
这些沾染传奇色彩的陌生科技名词
在五千多人的中电人手中
将他们制造成鲜活的产品
将中电高高地托起
鱼游深海
雁写云锦
鹰击长空

在每一个焊点　　在每一张车床
在每一道工序　　在每一个车间
干式变压器　　光伏太阳能电池
微波探测　　　绝缘材料
无一领域不体现着中电人的
勤奋　智慧　顽强
远见　创新　责任
已将中电人的内涵诠释得无以复评

用我拙劣的技艺
笨涩的诗行
我不能将中电人尽情地歌唱

但只要可以自豪
只因为《《《CEEG　中电电气
曾经融进我们的一滴滴汗水
曾经融入了我们坚强的生命

从荒芜的草地
八个月建起高标准的现代化厂房
于是我们进驻车间
忙碌于钢铁碰撞的声音之间
平静于机器轰鸣的旋律之中
穿行于操作车间与技术课堂
穿梭于车床　食堂与殷巷
我们的创造力
使中电时速长上飞翔的翅膀

绕线叠片
这只是一些冰冷的程序
而火热的
是从扬中到南京的迁徙
就像两万五千里的长征
我们有了新的起点
层次的高度

中电情操
敬业　奉献　永不浮躁
中电制造
精细　合格　频频中标

在明媚的春日里
我们要瑰宝一样将我们的历史
家珍般地晾晒
然后用箔纸包好

让中电成为我们成功的见证
让中电向世界广告我们的自豪
我是中电一员
再创中电明天

三

我正在向往
中电的处处撒满她那温和的黄金的阳光
在有些瑕疵的角落
我想企愿伟俊的中电
将他们早日剔除
让中电的每一寸土壤
都生长出无限的希望

机制体制生产分配
决策管理执行协调
也许在阳光穿不透的层面
还有些不尽人意的荒草
在茁壮模样的生长
纸做的变压器展现在南京艺术学院
纸做的老虎在中电也许没有生存的空间

困难　挫折　执行的偏瘫
迷失　茫然　管理的紊乱
这些在中电的光圈下
如同草芥般的渺小
但还是这些不起眼的沙子
使中电光滑美丽的肌肤
有了一些青春般蓬勃的麻点

我坚信敢于自我批评的中电
更坚信目光锐利似箭的中电
会让一切趋于圆满
让中电再一次爆发式跨越
让世界再一次把头颅　把目光
转向东方　转向南京
还有更广阔的国际市场
转向 《《《CEEG　　中电电气

因为美丽

410

逃　离

—— 读一首卖 80 万的诗《大律师：止戈》有感
（诗歌附后）

从南方逃到南方
到处是一样的荒凉

当荒唐的鱼儿仓促地从法律的网眼中钻过
留给无尽的流浪者的却是深深的裸伤

那些从经济的舞台上非法攫取的手
从政策的边缘上巧取豪夺的手
从黑白之间从容游走掠抢的手
都躲在制裁的黑角落里开口大笑

那些张着讹诈血盆的大口
长满噬人獠牙的甜蜜之嘴
标榜为你服务而巧聚敛财的嘴
那些消费在上层服务业的鲜红的嘴
在法律的牙齿前绕道而走

让那些无力的呼喊奔走的疲足
让那些无业的游者和淘金的梦想
让那些涉世未深的稚子
像失败的我一样从南方游到南方
从荒芜漂流至荒唐

而经济的帆
在海风的吹拂下涨满了胸膛
乘风破浪

附：《大律师：止戈》原诗

（作者王琪博，原载于《温州都市报》2006.11.1310 版）

两只鸽子从你名字之间

飞上了蓝天

那些惊慌失措的面孔

在法律空白处与你相见恨晚

请原谅我们学习、成长的过错

请勾兑的针牵起关系的线

在光头与长发间无孔不入

你仍是站在法官和罪犯之间的中间人

风水的手天意的手

拆开证据随意组合的手

移动条款的嘴淡化关键字的嘴

让对手保持缄默的嘴

带着绳索、尺度、账号

把那些冤魂从鬼门关拉回来

鱼儿在法律的网眼中

自由的进进出出

想起您他们会心一笑

风和浪不过是不同的表现形式

余下来最好停止干戈

因为即使鱼死了

但网

没有必要非破不可

强　盗

我燃烧自己
以使我御寒

一

我黑色的脸
使我无法面对
众多的目光
笼罩成我的墙

我唯一明亮的
是五更的眼珠和火把
我听见在某一处的柜里
金钱在蠢蠢欲动

二

我以天使的面目
救助这些钱币
我的心肠
是一只只无渊的钱袋
金钱在这儿繁衍成化石

我搬运着钱
像搬运我众多的儿子

上学
我作为慈祥的父亲
为延续种族
我四处撒种

三

金的火焰
使我的冷细胞活跃
我掷投
击中的总是豪华和羡慕

而我的痛苦
是威严下的虚伪
在那些神圣的地方
我只看见
一只只红腚的猴子
拖着一翎细细的漂亮的羽尾
蹦来蹦去　抢来抢去
咬来咬去
互相在脱着别人的羽毛

四

在闪光如星的房间
我看见虎　正穿着衣冠
在吃着狼
我看见狼　斜披着衣服

在撰着裸体的羊
我看见目光
追随着我的儿子
我看见法度
被当作美酒咽下去

我看见
我的眼睛
在腐烂
世界在模糊我

五

在我逃离之前
我被正义击中

于是我的儿子
纷纷起义
攻取权利的胃口

在刑场上
面对蓝天
我衷心无言

六

而儿子们
又把我救回

我无以谋生
又去补了狗眼
来看高高的人
长长的尾巴

金币的歌声

面街而居
我是唯一的贫者

一

嚣尘的市声
自越过季节的蝉鸣后
就注定滑落

F 大调的琴弦
总和弦着一种极不悦耳的
古曲

失去最动人的模拟时
四弦静寂
面对金钱

二

长足越门而过
我瘫立在槛边
贪婪着每一枚
爱

我肮脏的包装
唤不起那种
人类自诩了几千年
被称为美德的
同情

三

遥远处
隐约传来
叮当的歌声
伴着阵阵清香

我知道
在生猛海鲜的佐助下
那是金币的歌声
正蔓延过城市

在街边
我蜷缩着
吞咽着那一份音符的想象

四

豪华的车轮
碾破梦的氛围
我伸出的双手
十个指头被粉碎

我失去盔甲
孤独的哭泣在
大街的深处
远处的歌舞
也许
是在为我唱着挽歌

五

我饿
我趋于归原
人们行色匆匆的踏步而过
我被目光刺穿
像剥去莲子的花苞

我倒下
像是落下一层尘埃

六

在夜深
我被掩埋

红灯酒绿的城市
正轰轰然度过梦宵

我伸一伸最后
冰冷的腿
感到城市冰冷的骨骼
也在倾斜

我等着
祭祀歌谣的
响起

让希望的星火燎原汹涌的烈焰

——献给 2015 年的自己

黑夜关闭了多少探索的目光
星星璀璨了不甘寂寞的天空
那些黑暗里黯淡了的希望
像启明星一样在无边的海洋里
蕴藏

错误的方向
停止就是进步
正确的远航
停顿就是退步

只要有默契的团队
无声的奔波也能彼此
感觉心跳的共鸣

让希望的星火燎原汹涌的烈焰
燃烧阳光初袭的二零一五年

2015 年 2 月 5 日于陵园路

如何应对黑夜里那一双双
庄严的眼睛

让自己的人生不能再更新般的生动
在潮水的正中央
落差的不再是一种恬静的心境
我深沉地思索
如何应对黑夜里那一双双庄严的眼睛

认认真真地拜读一首首诗
仔仔细细地揣摩一篇篇文章
庄庄重重地书写每一个人生阅历
严严肃肃地镌刻一步步生命历程
生命需要整个民族庄严的竖起耳朵聆听
只有凝重的尊崇

才能自如地应对黑夜里那一双双庄严的眼睛

那是一双双什么样的眼睛啊
它摒弃了任何的形式和浮影
它代表了一切深刻内涵和呼声
它是中华民族心得精神支柱
富强　民主　文明
和谐　自由　平等
公正　法制　爱国
敬业　诚信　友善

重归传说中的正人之列
——代戒赌令

让那些噼噼啪啪曾经的冷脸
变成我如今一倾的欢笑

——题记

眼神里骰子的那种气味
可能需要几个月甚或更长的时间
才能散去
但目前先要停止各种以博为赌的动作
让心先远离这种不受欢迎的运动锻炼

让那些曾经勤劳致富厚茧集聚的手

也许有过巧取豪夺的手
攫取过他人钱包的手
曾经刚签过文件的手
也许刚才才搬过水泥的手
才从键盘上挪移下来的手
刚从厨房的抹布上腾出来的手
从苍白的瓷碗上还未来得及擦干水渍的手
还在回味昨夜或刚才还翻动过谁人身体的手
甚或从卫生间仓皇出走还未净化过的手
从顾客的发际上抹过刚收回理发工费的手
已经厌倦和人民币亲密接触过的普通职员的手
那些刚从低劣的生产线上脱下手套的手
那些才从垃圾桶上下过班的手
刚才还在给客户恭敬递上订单的手
那些刚刚捏过知识的粉笔的手
都暂时告别我的双手　无策束手

让各种纸质的　塑料方块状的
还有花花的花王牌的　以及扣碗
还有玉米粒的　骰子形状的
各种冠之于工具的物什
暂时也告别我这双曾经纯洁的手
重归传说中的正人之列

重归传说中的正人之列
勤劳的妻子这么说
年长的母亲如斯说

大二的儿子这样说
亲朋好友也如是说

让我们停止简单单纯的
以金钱为直接目的的博弈
就可以成为一个正人了

可那些大胆的想法
以博为赌的各种投资　销售代理
竞争　风投　营业　付出与努力
不也正在发出类似骰子的气味吗？
在无时无刻影响着我们所谓的大生活
大数据　大幸福　大七情小六欲
谁能让我们真正回归正人？
在这个物质现实的市场经济浪潮中

我曾仔细端详分析过那些曾经
和我一起掷过骰子的手
怎么都似曾是下层人民的手
在各种牌桌上翻涌着几张薄薄的毛票
或者不断地打开又合上自己薄薄的劣质钱夹
那些低劣的护手霜已经遮不住纸币的臭味
和眼圈里泪滴的咸味

而那些无形中移动过银行里成捆纸币或黄金的手
那些个动辄大手笔写意经济掀起巨浪的手
那些在暗夜里比送抵者还堂而皇之胆正地接过

存折
　　或划过股份　股票　产权　甚或妻小的手
　　那些开着豪车却止步于资金断裂嘟嘟索索寻找绳
索的手
　　那些决策国家命运和大事件的坚强之手
　　是不是也像我们当初一遍遍数着毛票一样
　　在以亿万为单位地豪赌

　　如果也让他们归位于传说中的正人之列
　　那谁是真正的正人呢？
　　迷迷茫茫的是自己纠缠不清的思绪
　　浑浑噩噩的是自己看不清真相的朦胧双眼

　　那个拿着明亮刺眼的手术刀的手
　　那些写着小说和剧本　还有新闻和诗歌的手
　　那些轻易就写出（倒腾出）专利的手
　　那些刚拿过实验用的酒精灯的手
　　那些习以为常的从印章里刨出了黄金的手
　　都不曾农夫一样粗筋爆裂　肌似松皱
　　难道都是干净的手？

　　泥盆瓦盆瓷盆　木盆
　　还有以塑料袋为盆　以水坑为盆
　　以眼泪为盆　以大海为盆
　　洗过的手都不能止于博弈
　　非要用传说中的金盆
　　才能洗刷干净戾性与赌格？

透过墙壁和空间的阻挡
我看见各种手在各种盆里洗去汗渍与污垢
又伸进一些盆里
去接受一些不明真相的洗濯
浸染

智者无敌
勇者无敌
正着无敌
重归传说中的正人之列
可列又在哪里呢？

我问家人
他们都说无可奉告
我去问问沉默不语的社会
风儿却向我伸来了耳光
让我无奈地伸着棘手
找不到曾经的金盆

没有人那么无聊和多情

——致发朋友圈都不回复你信息的微友和Q友

生活就是舞台
拼的真不是传说中的演技
是一腔腔的真诚

戏如人生的人
大多人不若戏

——题记

当我满载快乐冲锋的小筏
撞上你无边深奥的冷漠
你以为我还会快乐吗?
你那无言的冰冷沙漠
阻挡我本欲前行向你的赤足
你的目光
也许在那遥远的海平面

你飘舞的裙裾
将你风立的潇洒迷人
(但不确定是否美艳动人)
无视我存在的目光
斜睨的全是浅薄与不屑
而你动人的歌喉
丝毫没有因我的撞击而震颤

你歌唱
唱向你膜拜的对象
你像粉丝一样纠缠
可人家是否像你一样漠然不理呢？

所以我怕你失望
就像我一样弥漫
快乐可以传递
忧伤快速传染
而你不衰的歌唱
便是朋友圈里那一遍遍的刷屏
我层层的问候呢？
真的就像 MH370 一样在你的美瞳注目下
杳无音讯

没有人那么无聊和多情
没有人那么变态和情钟
问候只是一种关心的绽放
关心没有不平等的低贱
当你傲然的头颅拧向 45° 的蓝天
——据说 45° 可以拧向天空最高
你以为所谓的友谊还有存活的空间
和存在的必要吗？

所以我要一次次　　一遍遍
一轮轮　　一串串　　一声声　　一层层
强烈地呼吁不满

以傲气待人者
人必不屑之
与其低贱地央人对话
不若删除其人
让他粉饰的傲然
去向广袤的天空和深邃的大海
表白去吧
等着他声嘶力竭的呼唤
来震响我们再也声透不入的耳膜
随意吧
让该去的走吧
人生路上来来往往的人流
谁能保证能长留在你人生的小艇上
陪伴你走过呢
佛说随缘
我说随心

深恶痛绝那些刷屏而不回复的
微友与 Q 友
他们活出的是不屑的酸臭
甚或是铜臭的流污
真诚的芳香呢?
请轻易不要对我形容
你的忙碌和你故意的无视
在匆匆短暂的人生河流上
没有人那么无聊和多情
没有人那么变态和情钟

问候只是一种敬重的关心
没有谁愿意去打搅一个
故意装睡的醒人
故意装醉的常人
故意装聪的愚人
故意装纯的俗人

就让你精彩纷呈的转载
和你滔如江河的哲理
无孔不入的微产品
去面对空屏的嘲讽吧
你心里的那些春天营造的多彩粉蝶
去放飞给你心上至亲的人吧
让你去人生苍茫的黄昏
俯拾一地的失落和愧对
让我们收拾好自暖的行囊
唱着轻快自豪的歌谣
去飞翔自己的高度和高傲

自己飞翔的风景
也许会成为别人的仰望
不必苛求他人似曾浅薄的高傲
就像抖落不快一样轻易

温馨的小家

Wei Xin De Xiao Jia

一代人或几代人

人的历史是一堵千叶岩
一代人
就只是那众岩中的薄薄的薄薄的一层

一

如果从年轻岩开始分析
奉父母颐享厚福
养妻儿畅酬天伦

两端开口
就这么当了供应站

不想也没有办法不为人作嫁
于是
他们就把这个情景叫作
人生的意义

二

对于老年岩来说
为人而迫的岁月已经路过
只是偶尔恬睡猛醒的时候
想等一口儿孙的米粥
然后　腆着肚子

抚着胡须
走到外面看世事
看人类的发展

父母只不过是一盏
风灯
儿女子孙轮换
对风灯发火吹气
使它旋转不停
也是一片伤心的风景

三

婴岩
在还不知活着是什么意义时
就被一些苍老的目光
悲苦的脸膛
深深地寄托希望

孩子在天性与规矩中
长大成鸟
想飞
也得飞出他们理想的
姿势

四

很羡慕年轻

年轻就是希冀
年轻充满新奇

对于一个新家庭
那么年轻的人竟是
对方所有的存在意义
那么瘦弱的信念
就是活着的目标典范

五

活着就要逝去
但途径不同

如同岩石一般
风化　崩裂或是陷落
站成化石
都是一种悲壮的结局

关键的是
为下一代留下了
希望还是悲伤

家

房屋是一张张细胞壁
道路是胞间连丝
门窗是气孔

非常多的家庭
组成社会这个生物体
父亲
年轻时
被儿女们
当成一枚枚金纽扣
装饰他们的门面
您成了先锋

当您老时
儿女们怕您失去了光彩
扯下来用彩纸包住　藏入箱底
也称　祖传家宝
您成了靠山

母亲

母性自从把我们生下来
就赋予了我们慈爱

一

母亲是广袤的天空
和一切的气候

母亲的四种性格
合着无数的脾气
修养我们

二

母亲是纯洁的小河
汇流成我们
我们成长发展
起决定的不全是母亲

三

母亲是风
我们是风之后的雨

走过万里后
回首遥望
相送的只有　母亲

四

母性的腰杆
在出生以前就注定了

铁性的坚强

母性高贵的手
是一切温柔之外的
温暖

五

母性的血液
使羊变成狼
只为着
自己的责任

母性的汁液
流泪时
尝到的只是一部分

六

山是母性的
驼着崎岖的腰脊
让我们去看日出

河是母性的
滔滔的语言
载我们去捕获幸福

世界是母性的

七

在宇宙里
母性是一切的物质
和物质以外的
场　光　电

我们的籽粒
被爱包容

八

当母亲老了
我们继承她
让她永生

母亲的眼光
在一切的空间
注视着我们

母亲
是一切爱的总和

妻子的目光

妻子的目光是一条窄窄的甬道
只容我平身而过
想潇洒地浪漫

妻子便关了光明
一片黑暗
夜晚　就有星星出现

自信　平庸　温暖的妻
和蔼　嗔怒　呵护着我
她的目光整理好我杂乱的衣领
她的目光抚平我困倦的心情
她的目光赋予我希望的灯火
我看见灯塔
是妻子的心　凝聚而成

我给女儿写首诗

在别人豪华的别墅外
我羡慕垂涎地呆立
树木　异草　繁花
林木葱葱　好花树树
简直是一个个植物土豪
于是我也小偷般地培育了一盆碎花
他们说女儿是贴心的
爸爸的小棉袄

一

在我贫瘠的阳台
那可是我自称的后花园
如同我的精神家园
生长的几株蔫巴巴的小树　　矮草
于是我便把那盆小小的牵牛般的花儿
放在我空旷的精神阳台
也放在我们欢乐之家的心上

我不会宠她　　也没有宫殿
她不会成长为我家的小公主
小花只是下里巴人的一株
她的奶奶给她施肥慈爱　　仁心
她的妈妈给她施肥健康　　善良
我会经常给她喷洒快乐　　正直
她的哥哥给她滋润梦想　　美好
伴随着成长
她还要吸收太多的营养
我的小棉袄
就这样在叱声和呵护下
长成我们家里的一朵
金花

二

我家的小花儿
常用我的手臂走出家门

让阳光和钙
从垂直的高度穿透心思和胳膊
进入我们幼小的生命

待她略有成长时
我把我的小花插在头上
让花儿成为我骄傲的装饰

我的小花园里
也有了草木　鲜花
没有藤蔓和荆棘
我陶醉在
家的芬芳

三

我听说儿子是打游戏买装备
等儿子翅膀硬了
会被一个叫儿媳妇的盗了号
女儿是父母栽种的一盆小花
精心抚养了几十年的园丁
只能眼睁睁的一任那个叫女婿的盗贼
把正盛开的鲜花连盆端走
于是心里便空留了
对棉袄温暖和馨香的思念
还有原来堆花盆位置的眷恋

我常常憧憬别人的幸福

似乎缺少花儿的港湾便不可称之为天伦

尽管别人说儿子是债主

女儿是小情人

如果绕膝的只是债主

那家里的天空定常常是愁云不展

四

我的小花才半岁

她听不懂我呢喃的细语

和我粗犷如兽嘶吼的歌唱

我要给她写首诗

待她长发及腰时

我给她束辫子

她给我绑胡鬏

我给她读着我现在编排的文字

像她认识童年的蝌蚪一样

让她给我唱着歌谣

长大后她便成了我

小时她是家里的玩具

老了我们是她的宠物

写诗这会儿窗外正下着雷阵小雨

我希望阳光　微风　小雨　雷电

甚至挫折　失误　灾难

一如既往地考验我的小花

人生如流水
没有绝境
便无风景

五

红的　绿的　紫的　还有鹅黄
我给我的小棉袄选择
什么袄面
因为是我前世小情人的外表
我要绝对的支配
等我的小花窜过了花盆
我的棉袄可能要被我拆了
做成厚厚的棉鞋
陪我度过人生的冬季
和儿子的小鞋放在一起
回味人生路
儿女两双鞋

雨大了
我停下写诗的手和咬字的心
我去看看我的花儿
给她当人生的伞

妻子的目光

也常在暴语如竹的时候熄灭
让寒冷鞭挞我
在冬天
妻子的目光是唯一的明火
我不敢下雪

孩　子

风季　我们开花后
生出孩子

孩子是缠绕的茎须
寄托我们多少的希望
与束缚

夜里
孩子有时无着伸展的哭泣
是我们一生的暗伤
我们的果实
在孩子的顶端优势发展到
植株及位势的最高度
无声地蒂落到沉默的土中

固守一种姿态
像螺旋

致我最美的新娘

虽然你已不再是昔日那娇羞的姑娘
但在我曾经沧桑的心田
你却永远是我一生中至真至美的新娘
　　　　　　——题记作于 2009 年 3 月 26 日早

一

在我坎坷的旅途上
你瘦弱的柔柳的肩膀
是我最有力支撑的拐杖
搀扶我走过泥泞步向阳光

在那些苍白的日子和黑色的记忆里
五彩缤纷喧闹着的
好像已是许多年前的记趣
你也许还不停地向来处张望
留恋那清纯明媚的无猜时光

灯影里

你斜剪了削薄的身影
将一张张生动的剪贴画
等我到夜半的放学铃声
才生动活泼起来
那时青涩的稚子
也许还不会品尝甘洌的爱
也许用尖锐的语言
和粗暴的肢体曾将你
至今仍深深地伤害

二

你滂沱而下失望的泪水
也许已将暖色的希冀埋葬
我一次次粉色的邂逅
在不断深刻着你最柔软处的伤痕
而那些龌龊的往事
让你的疼痛永远不能结痂

最可恨的应该是那些
叽叽喳喳的乱语
像纷飞的梅雨不停地侵袭你
貌似平静的心田
于是你涟漪的圆圈
在不断地向愤懑的埋伏伸延

缘于我对自己的放纵

让你平添了铭心的酸楚
趁着爱还没有逝去
让我把你最美的我的新娘
用不离不弃的目光
一直拴到地老天荒

第八辑

教海泛舟

JiaoHaiFanZhou

作于周日例会晚

找不着你颀长娇柔的身影
我的眼角滑过朦胧的忧郁
仅仅那么一丝无意的错失
苦涩在心头蔓延
除了工作与睡眠
我都在无尽地想念

拨动通向你思维的筏子
可缘分总不在
让我一次次把无力的桨滑落
心情一片摇曳
让太多准备已久的话语
像失落的古老的剑
在心中沉淀
或浮生成藻类
让贪食的鱼儿抢食
成长我的疼痛

回忆过去的那些幸福的瞬间
泪水已盈满了我的双眼
让我把长长短短的吁叹
放归独坐的堤边
看晚霞一片
让我把重重叠叠的心事

交给远行的火车
慢慢地洒遍

慢慢地思念
慢慢地伤感

游　戏

——观学生"猫逮鼠"

活泼的孩子
以游戏的借口
他们心情开阔的纷呈
血和泪的人生悲剧

几只争功耀名的猫
只因一只狡猾的鼠
相撞摔倒
血痕是结果的唯一见证

我叹息地问自己
为什么要把生活上映得
这么逼真见底
为什么一切只是为了一种
惬意的氛围

而　猫逮鼠的游戏
在雨丝中欢畅的继续

我们是阳光、风、雨，还有霜……
——致学生

纯洁的处女地
源于一缕缕春风
萌芽的种子
在向上崇拜

风的温度和力量
使幼芽上升
成为我们心中精心耕耘的
圣田

阳光　温暖每一只细胞
在料峭的岁月里
花儿整齐地舞蹈着　成长

有一缕缕风
使禾苗不时地颔首
有一星星阳光

让花苞开始孕育
有一丝丝雨
滋润着醒来的干涸

禾苗长大了

孩子们有时也固执地不肯动摇
雷的娇叱　雪的嗔怒
是圣洁的呵护

在狂风暴雨里
偶尔有一场洪灾
在阳光下
有时也会有干旱
但这一切只是让花儿们尝尝
炎霜雷电雪的五味

霜的冷面
使一些心灵震骇
一些偏袒　骄横不羁的枝
在风中被予以落叶　枯黄的警告
甚至剔除

最后的阳光
以我们的白发为底蕴
进入每一朵落榭后的花柱
沉淀果实中的能量

成为祖国的
鲜艳的
人才

我们的自白

——教师自述

我们不是圣洁的仙子
任空气漂浮
涌向太阳
号称辉煌

我们是行船的浆
普度人生
浆的滑行需要动力
三个月（或者更久）不能供给时
我们的船便行得吃力
水面飞起涟漪

我们不是一味燃烧的野火
任风儿将我们焚毁
然后四处散播
伟大的燎原

我们只是一缕缕春风
为生命装扮了那一帧绿意
设置裂苞的惊喜
我们不是冷面的佛
而是忧伤的守望者
我们在为自己也为他人极力寻找
自己幸福的家园

我们不是开路的行者
两袖清风
任意漂泊成
潇洒的人生

我们是沙弥
——为社会担负希望的苦工
下一代的希冀不是我们唯一的任务
而是主题
但是另一个筐里
我们依然有着根深蒂固的
孝道

奉献是伟大辉煌的
但不是无止的
永恒的只能是深沉的咏叹调
激励着我们前行
为人们铺垫
血滴的基石

石磨之歌

序

在颓废草棚的遮掩下
石磨风化着自己的曲调

一

石磨拥有很长的梦境
远古的人围旋　拉谷
清纯的汗滴落成固顽的事业
日子在旋转中被先人碾的
破损斑裂
（历史随磨子走过）
唱着古时的磨歌
踏着古时的悲壮
今人又用它粉谷碎米
石磨慢稳拉纤
纤痕使其永世深刻

二

石磨的职责就是
化粗俗低劣为光滑圆润
因此它不在乎
原料的卑下与面颜
用生命的自相耗费

为每一种由此前来的
需求者　泣尽悲欢

三

石磨以锐利的话语圆的容貌
向世人宣告
起点也是终点　石磨一生不会走远
踏着○的圆环
走了整整一个时代
用自己磨损的牙和苍老的发
奉献年华

石磨进入现代人的
风姿　鬓影　豪华
它仍旧心慈志坚
默默地向昨天道别
与明天约见

四

孔子当年在篱笆旁搭了一副石磨
退为七尺长三尺宽的磨场
扛着毫不谦虚的荣耀
石磨踏着路的
春
夏
秋

冬
并在有月和风的夜里
把伤损劳累的心
及暗裂的皱纹
当作应得的珍贵报酬
淡淡的甜甜的
数来数去
只要
只要
现代化的风景
还需要千万具
石磨的丰碑

时代的呼唤

——贺教师报扩版发行

擎一朵奇异之花
您是红烛温暖的娘家
您的花瓣舒缓伸展
盈满大地四方
您的馨香丰厚醇甜
吸引多少殷切的目光注视您关切您
看您鲜艳开放竞相呐喊

蜜甜需好花
教师是孜孜不倦营造琼浆的蜜蜂
社会是花源

扩版　时代的呼唤
愿扩版之后的教育之花
更滋润教师心田
更稳趋社会向前
步入辉煌的明天

每个学生都是一个文字符号

一

学校是一部流水字典
每个学生都是一个文字符号
班主任的点名册是检字目录

二

早操时
所有的文字组成一首长诗
连绵　叠韵或者自由体
我们分解开它的每一个笔画
让它伸开张力

上课时

这些文字组合成一篇篇散文或小说

独立成篇

说明　叙述　议论　或记叙

放学时

我们让文字游离出规格

让文字下乡或者回归故土

收假时

我们回收一篇篇新闻　报告文学

还有评论

三

教师是一些大写字母或图形

或者实验用的酒精灯

和学生一起

组成英语　日语　法语　俄语

或数理化　实验操作

学校的每一束血脉与神经

组成世界或中国地图

每个学生又是一个都市

或繁华或颓废

上演着一场场戏剧或典故

文字的进化
在生动地展现和诠释着生物　自然
文字的美感及驱动
形成绘画　体育或艺术

排列组合的规格
总结成一本本经济管理　市场营销学科
流动的文字
在无声地表白着深刻的哲学

被更改或者简化笔画的文字
在感到纪律的约束后
感受法律

四

从呀呀学语的儿歌
到悲惨的祥林嫂和孔乙己
再到"挎长剑之陆离兮""击水三千里"
我们修改一篇篇文章
端正每一个文字的书写
位置　作用
我们擦拭字上的灰尘
使它们美观而深刻

学校是多少部文学经典
学生在无形中记录着历史

粉笔生涯

——粉笔河
抒写生涯

一

支撑每个人站直
智慧的认清世界
缘于童年时的那股三寸暖风

刀儿很利
在幼小的心上拂下的痕迹
随着岁月日渐深刻清晰

二

而那战士
正凝聚了一代灵血
灌注风尖
用最神圣的信念
磨砺语言
使印痕铭人心骨
而每一次都几乎使刻者呕心沥血

粉笔　如同太阳
站成一片洁亮

照亮稚子心田

执粉笔的手
没有顾及购买润肤护面霜
任由粉末拙劣的技艺
粉饰面颜与清贫
用粉笔丈量一生的人
白发落入谁人心怀

辛勤的播种者
述说嘶哑
腿骨僵直
想让知识坐下
已很艰难

三

蜡烛点燃了无数星星之睛
四处传播

我们的向导
向日葵的托盘
牵引着众多殷切的目光
面向太阳
而当籽落四方
（尽管枯瘦即腐）它仍倔强地
拧向太阳

向远方
向未来凝望

丢壶吟

我在这里等待又等待
你在那里徘徊又徘徊

在"与日逐走"前的圆桌旁
我耐心守候
就像守候我心仪的女郎
可是当我的笑容扩展成石桌圆圆的脸庞
当"早读二"的铃声敲响
你仍没有来到我的身旁
穿着灰太狼文化衫
和浅蓝色裙裾的
我心仪的女郎

没有了你涓涓的暖流
我枯干的喉咙　我干瘪的老嗓
应付不了本应自如的课堂
我的脸上失却了悬河的口若
我的精彩演讲泛不起了一片
洁白的赞叹和憧憬的希望

是谁无意的错失
让我委顿于清晨的阳光
让我的诗情在这初冬的校园荡漾
十二月一日的早晨　公元二零一一
我在一团和气温文尔雅和谐共荣的
XX 县月日国际中学
遗失了一盏电壶

因为美丽

我认为，任何对爱的侮辱都是一种摧残。

摧残人性，摧残美，摧残这种圣洁之情。

轻微的摧残也是一种美——残缺的美。美得让人感动，美得让人忧伤，美得让人矫情顿生，美得让人永世不能忘怀。

爱，需要常新的水时时更换着洗濯，不能一任陈腐不动的水包围爱。这样的爱会因腐败、生锈而变得肮脏。

爱，应该全身心地投入和关怀，彼此都一样。爱是一种过程，伴随两个人走完一生的征程。

诚挚的爱，使人纯洁；低俗的爱，使人卑鄙；成功的爱，催人上进；失败的爱，令人胆寒；粗暴的爱，使人止步；温柔的爱，永世难忘。

爱情，两个人头上共擎的伞，不能失去任何一方的扶持，否则就会偏袒一方，灾难的雨水就会淋湿无助的那个人。

爱需要一定的时间的等待，但过长的时间会使风儿吹散了激情，使爱显得冷漠而失去了凝聚力。

爱到深处，应该透明。就像美丽的琥珀，被人珍藏。

真正的爱，是一直的攀登，没有一丝一毫的下坡路。

因爱而生气，不如回想甜蜜的过去。想办法创造意境，使爱因为远离甜蜜而重新甜蜜。

爱的树大了，需要更多的营养，时时地投入是奉献的前提。

爱河长长，要涉过去，必须得两个人相依为伴。爱海茫茫，要渡过去，得需两个人以意志，以信念，以精神的重合为桨，划过去。

在爱中，泪水是一种幸福。不过分为真实的和虚假的。

因爱而伤害情，就如同击鼠伤器，顾此失彼。

距离是爱的魅力永驻的原因。距离太长，爱的电波也会迷失。

相依、拥抱、接吻、抚摸，如果夹杂着杂念，不如用刀去捅了对方的心。在每一个阶梯中，要以保持纯洁为证。如果仅迷恋于这些诱人的场景，爱会黯然失色。

过早的爱会因为头颅太大而伤残了柔弱的苗，太迟的爱就要看弯腰的小草筋骨是否依然强健。

心的呼应是爱的唯一基础和归宿。

无言的相对，用眼光交流，是爱的最高境界。

不要让爱失去了神秘，否则，那时的你就像被雨淋湿的孩子抱怨天气而不责怪自己的粗心大意。

爱同鲜花一样，需要精心地呵护，当然防风防老不防蜂，让清香四溢。

因爱而彼此显得很渴望或很疲惫时，应该冷静。

爱达到最令人幸福的时刻，应该忘却。爱落到了最低的深谷，也因该忘记，但要及时地崛起。

当爱成为一条心的锁链，应该别无选择地用电焊切断，然后首先冷却成两座隔离的冰山。

为爱而铤而走险，如同偷谷的鸟雀，时时面对着猎枪。

为爱而献出一切，如同抢在母亲之前去压住炸弹。

在爱中，彼此的形象也许会模糊，但你也要时时拿出相片来对照，清晰对方。

一味追求感官的刺激，就像临空飞翔的海绵，永远烂在海面。

发扬对方的优点，认识并承认对方的缺点，不一定克服，要尽力去弥补。爱是互为补集的两个集合，全集是一个和谐的完美。

对爱忠诚，像战士永远爱着祖国，永不背叛。

爱的蜂蜜，只因为香而让别人感动，不是为了满足某一方的奢侈。

理解是桥，让心灵沟通；爱是传送带，为心灵传递一切。

相互猜疑是爱破裂的唯一原因。世上没有挽救这种场面的胶水。

学会容忍一切，才会天长地久。

同相爱的人白头偕老，是人生第二大喜。

爱的河干涸时，生命也会枯萎。

失去爱的世界，满目疮痍，惨不忍睹。

让我们拥抱爱，为爱欢呼，一切只因为，只因为美丽。

因为美丽